Pierre Caesar

Dein Herz ist frei

Pierre Caesar

Dein Herz ist frei

Freiheit beginnt in deinem Herzen

R. G. Fischer Verlag

Bibliografische Information der Deutschen Nationalbibliothek:
Die Deutsche Nationalbibliothek verzeichnet diese Publikation in der Deutschen Nationalbibliografie; detaillierte bibliografische Daten sind im Internet über http://dnb.dnb.de abrufbar.

Sontraer Str. 13, D-60386 Frankfurt/Main
info@rgfischer-verlag.de

Schriftart: Minion Pro
Herstellung: rgf/pr/1B
ISBN 978-3-8301-1970-8

Für meinen Seelengefährten Schnappi, meinen Schwarzen Engel.

Mit zitternder Feder und einem Herzen voller Dankbarkeit schreibe ich diese Worte.

Vor vierzehn Jahren, neun Monaten und vierundzwanzig Tagen hast du den Pfad meines Lebens betreten und ihn in ein Märchen verwandelt, das ich mir niemals hätte vorstellen können.

Du warst nicht nur ein Hund; du warst mein Gefährte, mein Trost und die Magie, die meine dunkelsten Tage erleuchtet hat.

Jede Seite dieses Buches ist eine Liebeserklärung an dich. Es ist unsere Geschichte, unsere gemeinsame Reise durch Höhen und Tiefen, durch Lachen und Tränen. Möge dieses Buch nicht nur mein Abenteuer erzählen, sondern auch die unwiderrufliche Verbindung zwischen uns, die durch die Jahre gewachsen ist.

Du bist nicht nur ein Hund; du bist mein Schwarzer Engel, der meine Seele berührt hat. Mit Tränen in den Augen und einem Lächeln im Herzen widme ich dir dieses Buch als ein Zeugnis unserer Liebe. Ich hoffe, dass diese Worte in eure Herzen dringen und die Liebe, die wir empfinden, in euch widerspiegeln wird.

In ewiger Verbundenheit,
Pierre

Inhalt

Für meinen lieben Seelengefährten.

Worte erweisen sich als unzureichend, um meine tiefe
Dankbarkeit für unsere Reise auszudrücken.

»Dein Herz ist frei. Freiheit beginn in deinem Herzen«

Dieses Buch ist nicht nur eine Ansammlung von Seiten, sondern
ein Seelenvertrag, den wir gemeinsam eingehen werden.

Eure Bereitschaft, in diese emotionale Achterbahn
einzusteigen, berührt mein Herz zutiefst.
Ihr habt nicht nur ein Buch gekauft, sondern habt einen
Einblick in unsere kollektive Seele gewonnen.
Möge diese Geschichte nicht nur Worte auf Papier sein,
sondern ein Echo in euren Herzen finden – ein Echo der Liebe,
des Lachens und der tiefen Verbindung.

In unendlicher Dankbarkeit
Schnappi und Pierre

Vorbemerkung des Autors

Unser Weg war eine atemberaubende Reise durch Höhen und Tiefen. Ein Pfad, auf dem wir nicht nur gemeinsam gelaufen sind, sondern auch gestolpert, gefallen und wieder aufgestanden sind. Wir haben zusammen gelernt, uns vor Lachen gebogen und in Tränen gebadet. Ein kraftvoller Tanz zwischen purem Glück und unerschütterlichen Herausforderungen. In stillen Momenten hast du mir mit deinem Schweigen zugeflüstert:

»Vergiss niemals, dass dein Herz frei ist.«

Es braucht nur den Mut, diese winzigen Glücksmomente einzufangen, um zu erkennen, dass das Glück immer schon in unserer Nähe wartete – verborgen, fast flüsternd, wie etwas, das uns findet, ohne gesucht zu werden. Unser Weg entfaltet sich wie ein geheimnisvolles Märchen, in dem wir die Illusion des »Unmöglichen« durchbrochen und die Ängste, die uns einst lähmten, in das Nichts verfließen ließen. Ein Pfad, der niemals enden würde und uns mit einer Erinnerung erfüllt, die tief in unserem Herzen weiterlebte ...

Die Welt sagt, ein erfülltes Leben bedeute, ein Haus zu bauen, ein Kind zu zeugen, ein Auto zu besitzen.

Doch meine Träume wachsen auf anderem Grund – in der Stille, der Nähe und all den Dingen, die man nicht sehen, nur fühlen kann.

Jahr für Jahr trugen mich die Wellen des Lebens durch Zeiten des Lichts und der Dunkelheit. Mal sanft wie eine streichelnde Brise, mal rau wie ein Sturm, der alles mit sich reißt. Und doch erkannte ich, dass mein wahres Glück nicht in der Ruhe lag, sondern in den Entscheidungen, zu denen mich der Aufruhr meines

Innersten leise drängte. Oft wurde ich von den Fluten zu Boden gedrückt, verlor den Halt, verlor mich selbst. Doch genau diese Stürze waren es, die mich lehrten, wiederaufzutauchen – stärker, klarer, näher bei mir. Die Wellen brachen nicht über mich herein, um mich zu zerstören, sondern um mich zurückzuholen – zu meiner Essenz. Sie formten mein Herz wie ein Stück Treibholz: vom Leben gezeichnet, aber weich geworden, geschmeidig, frei. Jeder Fehler war eine lehrreiche Lektion, jeder Umweg eine faszinierende Entdeckung.

Das Buch des Lebens flüsterte uns zu:
»In den Kurven und Abzweigungen
liegt die wahre Schönheit deiner Reise.«

So wurde unser Weg zu einer Geschichte voller leidenschaftlicher Emotionen, die uns geformt und unser Glück gefunden hat.

Du, mein Licht in der Finsternis, mein Fels in tosenden Stürmen. Deine Liebe hat nicht nur meinen Weg erhellt, sondern ihm auch eine tiefere Bedeutung verliehen. Deine Anwesenheit war der Schlüssel, der die Tür zu meinen innersten Zweifeln geöffnet hat und mich weitergehen ließ, auch wenn der Pfad von spitzen Kieseln übersät war. In den Momenten, in denen die Dunkelheit meine Seele zu erdrücken drohte, warst du mein strahlender Leuchtturm, der mir den Weg zeigte. Dein Zuspruch durchdrang den Schmerz und wurde zu einem zärtlichen Trost für meine gebeutelte Seele. Du warst nicht nur da, wenn ich aufgeben wollte, sondern auch in den stillen Augenblicken, wenn der Schmerz an meine Tür klopfte.

Ich habe kein Haus gebaut, kein Kind gezeugt, kein Auto besessen – und doch das kostbarste Glück des Lebens gefunden.

Die Geschichte, die ich mit euch teilen möchte, ist wahr. Sie trägt das kraftvolle Echo der intensiven Emotionen, die uns auf diesem einzigartigen Weg begleitet haben.

Kapitel 1

Dein Herz ist frei

Als brennender Träumer und fortschreitender Freigeist fühle ich mich manchmal, als hätte ich in einem einzigen Leben mehr Abenteuer erlebt, als das Universum Platz für sie hätte. Doch in diesen Augenblicken purer Erfüllung wird mir klar, dass die Wege zur eigenen Weiterentwicklung unendlich zahlreich sind. Also schreite ich voran, lasse meine Füße auf unbekannten Pfaden wandern und wage mich in die Tiefen des Unbekannten. Veränderung ist mein ständiger Begleiter. Ich setze mir Ziele, treibe auf sie zu, und plötzlich erhebt sich wie aus dem Nichts eine faszinierende Welt, die mich zwingt, festgefahrene Überzeugungen neu zu bedenken.

Auch meine Vorstellung vom Sinn des Lebens ist einem beständigen Wandel unterworfen. Neue Emotionen, Ängste und Gefühle durchströmen mich, als hätte ich sie zuvor nie gekannt. Ich stelle mich selbst auf die härteste Probe, überschreite die vermeintlichen Grenzen meines Körpers und Geistes, und manchmal erreiche ich das, was ich einst für unerreichbar hielt. In diesen Momenten schätze ich die Wunder des Lebens noch intensiver. Die fast perfekte Harmonie mit der Welt betrachte ich mit staunendem Blick und fühle mich auf unerklärliche, aber berauschende Weise wiedergeboren.

Beim Nachdenken darüber kann ich manchmal kaum fassen, welch überwältigendes Glück mir widerfährt und wie ich es zulasse, dass dies geschieht.

Im Laufe der Jahre wurde mein Leben von Augenblicken purer Glückseligkeit durchzogen, die es zu einer bewegenden Ode der Freude gemacht haben. Tiefgreifende Momente des inneren Friedens haben mich auf eine zauberhafte Ebene geführt, die die Essenz meiner eigenen Entdeckung durchdrungen hat. Die Schönheit einfacher Dinge, die jeder Mensch kennt – Liebe, Trauer, die bedingungslose Nähe eines treuen Tieres, die wärmende Präsenz außergewöhnlicher Freunde, das Erkunden ferner Welten und vieles mehr – erfüllt mein Herz mit einer tiefen Dankbarkeit.

Ich bin von Natur aus ein Abenteurer, ein Suchender nach dem Unbekannten, und werde es immer sein. Das Streben nach meinen Grenzen ist für mich nicht nur ein Akt der Herausforderung, sondern vielmehr eine Antwort auf den sanften Flüsterwind meiner inneren Stimme, die mich stets ermutigt, Neues zu erfahren, den weniger betretenen Pfad zu wählen und die Strahlen der Sonne mit eigenen Augen zu hören sowie den Wind zu sehen.

Vielleicht begann alles in der unschuldigen Fröhlichkeit meiner Kindheit oder in den tiefen Blicken meines Zwillingsbruders. Mit jedem Jahr des Älterwerdens wurde mir bewusst, dass wahres Lernen oft in den Momenten des Stolperns und des erneuten Aufstehens verborgen ist. Ich habe Dinge gewagt, die die meisten als waghalsig, wenn nicht sogar als verrückt, betrachten würden. Einen Rückwärtssalto ohne Sicherheitsnetz, schwebend zwanzig Meter über dem Erdboden, auf einem Platz kaum breiter als ein Ikea-Stuhl. Einsames Verweilen im Wald, weit entfernt von jeglicher Gesellschaft. Eintauchen in ein paralleles Universum, ohne die Konsequenzen zu bedenken. Gefährliche Situationen, in die ich mich mit klopfendem Herzen hineingewagt habe …

Diese Herausforderungen waren meine Lehrer, und das Risiko wurde meine Universität des Lebens. In jedem Sturz fand ich eine kostbare Lektion, in jedem Wagnis eine tiefgehende Offenbarung. Doch erst als Schnappi in mein Leben trat, erkannte ich die wahre Bedeutung des Mutes. Sein unerschütterlicher Glaube an das Unbekannte, seine Liebe ohne Grenzen – all das lehrte mich, dass das größte Abenteuer oft darin besteht, sich dem Unvorhersehbaren zu stellen und dabei das Herz weit zu öffnen.

So wurde mein Leben zu einer Symphonie aus Stolpern, Fallen, aber vor allem auch aus dem mutigen Wiederaufstehen. Während ich diese Worte niederschreibe, fühle ich, dass die wahren Schätze des Lebens oft in den Risiken und Herausforderungen verborgen liegen. Es sind diese Momente des Fallens, die uns Flügel verleihen und uns lehren, dass das Leben in seiner ganzen Pracht erst dann erscheint, wenn wir den Mut haben, wieder aufzustehen und uns auf das Unbekannte einzulassen.

Denn wenn das Herz in mir zärtlich flüstert: »Mach es!«, dann beuge ich mich diesem sanften Ruf. Ich umarme mich mit all meinen Ecken und Kanten, und im Laufe der Jahre, in denen ich mich ständig weiterentwickle, bin ich mehr als je zuvor davon überzeugt, dass die Welt uns unendliche Möglichkeiten schenkt:

Wir können in der Sicherheitszone verweilen, wo nichts passiert, oder wir können die von der Gesellschaft errichteten Mauern überwinden und gemäß unserem wahren Selbst handeln. Wir können das Leben führen, das für uns bestimmt ist. Mein Herz hat den Weg des Letzteren gewählt – ohne das Erstere zu verurteilen, denn es ist genauso legitim, in der Sicherheitszone zu verweilen, wenn es den wahren Wünschen entspricht. Durch intensive Begegnungen mit meiner eigenen Sterblichkeit habe ich bedeutende Lektionen gelernt, die das Leben mir ermöglicht hat. Ja, das Risiko ist real – aber das bin ich auch. Und wenn ich mir selbst noch in die

Augen schauen will, Tag für Tag, ohne mich zu verleugnen, ohne dass mein Spiegelbild flüstert, dass ich mich verloren habe, dann bleibt mir nur eines: meinem inneren Ruf zu folgen. Zu leben, was in mir brennt. Zu sein, wer ich in Wahrheit bin – auch wenn der Weg weh tut, auch wenn er mich alles kostet, außer mich selbst.

»Vergiss bitte nie, dass dein Herz frei ist.
Du sollst nur den Mut haben, ihm bedingungslos zu folgen.«

Ein Leben lang habe ich mit unerschütterlichem Einsatz trainiert, und meine Liebe zum Sport ist mit jedem Tag gewachsen. Bereits im Alter von fünf Jahren beherrschte ich den Handstand. Durch die enge Bindung zu meinem Zwillingsbruder konnte ich die Herzen zahlloser Menschen erobern. Es erfüllt mich stets mit Freude, Menschen mit Handständen und Saltos zu begeistern, mit Emotionen zu jonglieren und sogar das eine oder andere gewagte Kunststück zu vollführen. Ich bin vor riesigen Egos, den »Superstars«, aufgetreten und habe mit allerlei anderen Künstlern, deren Vorstellungskraft kaum zu fassen ist, zusammengearbeitet.

Seit ungefähr vierzehn Jahren schlägt mein Herz auch für die Regiearbeit. Ich bewundere die Welt, die unter der Oberfläche verborgen liegt – eine Welt vollkommener Ruhe, mit faszinierenden schillernden Farben, Formen und unzähligen anderen Wundern. Dort bin ich den Emotionen so nah, dass ich mich am liebsten für immer in diesem Zustand aufhalten würde. Ich lenke meine Atemzüge bewusst und versuche, in diesem Befinden zu verweilen – eine meditative Beschaffenheit, die mein Körper und Geist benötigt. Es ist schwierig in Worte zu fassen: absolute Stille, die meinen Atemrhythmus und Herzschlag verlangsamt. So kann ich länger mit dem kostbaren Sauerstoff auskommen, bevor ich zurückkehre in die Welt der wunderbaren Menschen. Schon immer bin ich mit einzigartigen Protagonisten gereist, denn in ihrem Kreis fühle ich mich lebendig, als wäre ich einer von ihnen.

Das Leben zeigt weder Gnade noch Ungnade – es ist eine beständige Reise, ein unaufhörlicher Fluss. Nur wenn wir ohne Erwartungen durch diesen Strom des Lebens treiben, können wir die Schönheit seiner ständigen Veränderung erkennen. Wir lernen, uns davon tragen zu lassen, und erst dann verstehen wir. Erst dann erfahren wir wahres Glück. Manche opfern ihre Gesundheit dem Streben nach Reichtum, nur um dann ihren Reichtum zu verlieren und ihre Gesundheit wieder zurückzuerobern. Von Ängsten vor der Zukunft geplagt, erleben sie weder Gegenwart noch Zukunft. Sie existieren, als würden sie nie sterben, und sterben, als hätten sie nie gelebt.

Die leise Stimme meines Herzens flüstert erneut, dass der Moment gekommen ist, die ultimative Herausforderung anzunehmen, das höchste Risiko zu wagen. Ich halte inne, sammle meine Gedanken, und ganz klar zeigt mir mein Herz den Weg, dem ich folgen darf. Wie ich zuvor sagte: Dies ist eine wahre Geschichte. Mein ursprüngliches Ziel war es, zu überleben, doch diese kurze Reise hat mich mehr gelehrt, als ich je hätte träumen können. Ich habe nicht nur gelernt; ich habe erfahren, was bedingungslose Liebe wirklich bedeutet.

Welch ein unvergleichliches Glück durchströmte mein Herz, als ich die Gelegenheit erhielt, mit einem faszinierenden Wesen dieser Erde zu kommunizieren! In meiner bescheidenen Perspektive durfte ich das grenzenlose Glück erfahren, auf einen Schwarzen Engel zu stoßen, dessen Anblick mich so tief berührte wie der Anblick eines schillernden Regenbogens. Am Ende dieses farbenfrohen Regenbogens, der sich über dein Körbchen spannte, durch das Fenster drang und dich berührte, während du friedlich auf dem Schoß deiner Mutter schlummertest, wagte ich, als ich dich zum ersten Mal sah, zu fragen: »Was ist das für ein schönes neues Wunder?«

Sanft antwortete eine schimmernde Erscheinung: »Ich bin ein neues Licht. Dieser Regenbogen verbindet dich mit den kleinen Wundern und soll dich für alle Zukunft an seine unendliche Liebe erinnern.«

Da sprach ich: »Heute, dank dir, mein Schwarzer Engel, habe ich etwas entdeckt: Wir mögen uns manchmal einsam, fremd oder anders fühlen als die anderen, doch die höhere Macht hat uns zweifellos so erschaffen, weil sie eine besondere Mission für uns im Sinn hat. Wir alle, Groß und Klein, tragen auf unsere eigene Weise dazu bei, die Welt ein wenig heller zu machen. Ab nun möchte ich mich dir ganz hingeben. Wenn irgendwo auf der Erde ein solcher Regenbogen erscheint, werde ich mich daran erinnern, dass du das größte aller Wunder bist: Die Liebe, die in dir so grenzenlos ist, rettet mich in diesem Moment.«

Mein Herz hat sich nicht geirrt.

»Mit dir werde ich Schätze finden«, sagte ich zu Schnappi, so nannte ich den Schwarzen Engel. »Ich werde sie mein Leben lang in mir tragen, jedoch niemals entfernen. Denn sie gehören dir.«

Dann, mit einer Zartheit, die die Seele berührt, flüstertest du mir zu: »Habe Ehrfurcht vor dem Vollmond – versuche aber nie, ihn zu dir herunterzuholen. Sein Platz ist am Himmel. Schätze die wärmende Sonne – doch vergiss nie: Sie gehört dir nicht. Sie gehört allen Geschöpfen, ob groß oder klein. Und träume mit den Sternen – doch lass sie nachts am Firmament leuchten. Dort ist ihre Heimat. Versuche nie, den Wind anzuhalten oder ihm aus dem Weg zu gehen. Er wird dir immer die Wahrheit in die Seele flüstern. Öffne alle Fenster und Türen, die vor dir verschlossen sind, so kannst du immer deinen Lebensmut bewahren. Ohne Lebensmut gelangst du nirgendwohin. Und ich weiß: Egal was du mit deinem Leben anfangen willst, du wirst mich immer dabeihaben, in guten wie in schlechten Zeiten. Du wirst einfach glücklich sein, das ist genau das, was ich mir für dich wünsche, mein Pierre. Sei der, der du bist.«

Ich erhob mich, und Schnappi tat es mir gleich. In einer Umarmung ohne Worte fanden unsere Seelen zueinander. Ich gab ihm einen zarten Kuss auf seine Wange, während Tränen in seinen Augen glänzten. Mit gerade einmal vier Wochen auf dieser Welt strahlte er die Furcht aus, dass ich möglicherweise nicht zurückkehren werde.

»Deine Flügel sind stark und werden gesund«, hauchte ich Schnappi leise zu. »Jetzt fliegt allein zu den Sternen, deinem Schicksal entgegen, genauso, wie du es tausendmal mit mir daheim machen wirst. Ich werde zurückkommen.«

Schnappi erwiderte mit einem Blick, der mehr sagte als Worte. »Vertraue auf dich selbst, sei immer treu zu dir. Das Leben eines anderen zu führen, verdammt dich dazu, dein eigenes Leben auszulöschen. Zwischen dir und mir wird eine wundervolle Liebe wachsen. Und diese Liebe wird uns stets daran erinnern, dass jeder sein Schicksal selbst in der Hand hat. Du hast mich gekauft, doch besitzen kannst du mich nie. Wir werden immer versuchen, uns ein paar Grundsätze beizubringen, niemals jedoch Regeln und Vorschriften. Immer werden wir versuchen, uns daran zu erinnern, dass die wichtigsten Dinge im Leben unbezahlbar sind; man kann sie weder kaufen noch verkaufen.«

In der Stille nach dem Abendessen saß ich einsam auf meinem Krankenhausbett. Der Sonnenuntergang im März entfaltete sich in seiner ganzen Pracht, und die Natur präsentierte sich in einer wahrhaft magischen Atmosphäre. Aus irgendeinem Grund empfinde ich eine tiefe Liebe dazu, die Sonne in ihrer wildesten Entfaltung zu beobachten.

Meine Gedanken schweiften zu den Narben auf meinem Körper und zu meinem Schwarzen Engel. Ein einmütiger Wunsch durchzog mein Inneres: dass morgen alles besser werden würde. Doch als jemand, der ständig seine Handlungen hinterfragt, überkam mich ein Gefühl der Unsicherheit.

Die Narben, wie stumme Zeugen vergangener Schlachten, erinnerten mich an die Herausforderungen, die das Leben mir entgegengeworfen hatte. Und mein Schwarzer Engel schien in diesen Momenten meine Hoffnung zu sein auf ein besseres Morgen. War es wirklich so verantwortungslos, mich in echte Gefahr zu begeben, ohne an meinen wunderbaren Engel zu denken, der auf mich wartete? Hatte ich das Recht, mich in solch waghalsige Abenteuer zu stürzen, ohne die möglichen Konsequenzen zu bedenken – nicht nur für mich selbst, sondern auch für die Liebsten, die von mir abhängig waren? In diesem Moment der Selbstreflexion übermannten mich Zweifel und die tiefe Sehnsucht nach einer Antwort, die mir Gewissheit und Trost schenken würde.

Unvermittelt überkam mich die Erinnerung an eine längst vergangene Reise nach Edinburgh. In meinem Leben habe ich viele Fehler gemacht und schließlich gelernt, nicht über andere zu urteilen – und für die Fehler, die ich zweifellos noch begehen werde, trage ich allein die Verantwortung. Das Alleinsein, die Einsamkeit, ist vielleicht eines der schmerzlichsten Gefühle, die man ertragen kann. Ich kenne es aus eigener Erfahrung. Also, was tun, wenn die Umstände uns in ein einsames Dasein zwingen?

Zunächst einmal: Wenn man das Glück hat, verschiedene Interessen zu haben, sollte man ihnen nachgehen. Scheitert das, könnte man den weniger Begünstigten helfen. Schafft man auch das nicht, bleibt einem nur die bewusste Entwicklung der fünf Sinne und geistigen Kräfte. Zumindest kann man dann jeden Morgen der höheren Macht sagen, dass man sich als ihr Werkzeug bereithält, sei es nur durch Gebete und die Bitte, alle zu segnen, die einem begegnen.

Denkt daran:

**»Nichts ist so weit entfernt,
dass man es nicht näherbringen könnte.«**

Und wenn all das Scheitern und die Verzweiflung euch zu übermannen drohen, bleibt nur eines: den absoluten Tiefpunkt mit offenen Armen zu akzeptieren. Hört auf, euch selbst zu bemitleiden, hört auf, euch gegen die Wirklichkeit zu wehren. Dann bleibt nur, das Handtuch zu werfen und sich dem offensichtlichen Schluss zu ergeben, dass es, sollte dies Gottes Wille sein, für euch und alle anderen das Beste ist. Betet für den Glauben und nehmt ihn an.

Das Problem liegt oft darin, dass viele von uns denken, dass Glück darin bestünde, unsere Wünsche und Bedürfnisse erfüllt zu bekommen oder zumindest von Leid und Schmerz befreit zu werden. Doch ich glaube fest daran, dass wahres Glück in der Gelassenheit liegt, die entsteht, wenn unser eigener Wille mit dem Willen Gottes harmoniert. Selbst wenn ihr nicht an Gott glaubt, akzeptiert zumindest, dass irgendetwas eure Reise durchs Leben anspruchsvoller gemacht hat, aus einem Grund, den ihr vielleicht nicht verstehen könnt – zumindest nicht in diesem Leben.

Die totale Niederlage und die hingebungsvolle Akzeptanz eurer Realität sind der Ausgangspunkt für ein erfülltes Leben. Zeigt euch selbst, dass ihr – trotz all des Guten, das in euch lebt, und all dessen, was noch gerettet werden kann – von unschätzbarem Wert seid. Der erste Schritt dahin ist die bedingungslose Annahme eures eigenen Wesens. Dann, und nur dann, werdet ihr euch wiedergeboren fühlen. Dann könnt ihr den Augenblick wirklich leben und in vollen Zügen genießen. Dann könnt ihr auch die Anstrengung als den Weg zu innerem Frieden annehmen und diese manchmal schmerzhafte Welt so akzeptieren, wie sie ist – nicht, wie ihr sie lieber hättet. Mit Vertrauen in Gott, oder wie auch immer ihr das Höchste nennt, und wenn ihr euch seinem Willen beugt, wird alles gut. Dadurch werdet ihr nicht nur in dieser Welt halbwegs glücklich sein, sondern auch das höchste, ewige Glück in einer anderen Dimension erreichen.

Die Sterne erzwingen nicht ihr Leuchten, die Flüsse kämpfen nicht um ihr Fließen. Ihr seid nicht dazu geboren, mit verbissenem Willen euren Platz zu erkämpfen – ihr seid das Licht, das ganz von selbst gesehen wird, würdig, das Beste zu empfangen. Haltet eure Träumen fest, und sie werden euch in Treue begleiten. Die Augen, die diese Zeilen lesen, werden nie Dunkelheit sehen. Die Hand, die diese Worte sendet, wird nicht umsonst hart arbeiten. Der Mund, der dem Leben dankt, wird immer wieder lachen und niemals von dem Pfad der Liebe abweichen. Eure Träume werden nicht erlöschen, eure Pläne werden nicht zerbrechen, eure Bestimmung wird nicht abgeworfen, und euer Herzenswunsch wird sich erfüllen.

Glück! – Dieses begehrte Streben der Menschheit, so schwer zu finden, so oft missverstanden und doch so kostbar. Das Leben mag von Leid und Tragödien durchzogen sein, das ist uns allen bewusst.

Doch ich glaube, dass das Unglücklichsein das Ergebnis unerfüllter, egozentrischer Sehnsüchte ist. Wir erwarten so viel vom Leben, glauben, ein Anrecht auf Glück zu haben – nicht irgendein Glück, sondern unsere ganz eigene Vorstellung davon. Wir wünschen uns, dass alles nach unseren Vorstellungen verläuft und jeder sich nach unseren Erwartungen richtet. In meinen Gedanken über mich selbst erkenne ich, wie oft ich darin verstrickt bin! Wir fördern so viele Erwartungen an unsere Mitmenschen. Wir möchten, dass jeder sein eigenes Durcheinander beseitigt. Ich erwarte, dass Menschen darüber nachdenken, wie die Tiere behandelt werden. Da unsere Erwartungen oft unerfüllt bleiben, neigen wir dazu, leicht unglücklich zu werden.

Doch in unserem Innersten wissen wir, dass das Leben stets in Bewegung ist, ein unaufhörlicher Tanz des Wandels. Nichts bleibt unverändert außer der stetigen Veränderung selbst. Trotzdem weigern wir uns oft, diese Wahrheit in unseren Herzen zu akzeptieren; wir klammern uns an die Vorstellung, dass die Dinge so bleiben sollen, wie wir es uns wünschen. Wir träumen von ewigen Beziehungen, empfinden den Tod als ungerecht und betrachten plötzliches Unglück als einen unfairen Überfall. Meiner Meinung nach können wir den intellektuellen Aspekt von Veränderungen und Wandel begreifen, aber wir können sie nicht wirklich erfassen und akzeptieren – sonst hätten wir keinen Grund, unglücklich zu sein.

Vielleicht werde ich deshalb von vielen missverstanden!

Wie kann ein Mensch so verzweifelt, vielleicht auch so einsam, so ohne jegliche Hoffnung sein, dass er die drastische Entscheidung trifft, sich das Leben zu nehmen? Vielleicht entspringt dies einem leidenschaftlichen Leben, das am Ende seinen Sinn verloren hat, möglicherweise aus vollkommener Erfüllung und Perfektion und dem einfachen Verlangen, das Licht auszulöschen, um für immer zu ruhen?

Ich fühle mich verpflichtet, ehrlich zu sein: Auch ich habe solche Zeiten durchlebt.

Und nun, was erwartet mich als Nächstes?

Du spürst das jugendliche Feuer eines Fünfzehnjährigen in dir, und dennoch lastet die Last von tausend Leben auf deinen Schultern. Was bleibt da noch zu entdecken, zu träumen, zu fühlen? Manchmal fühlt es sich an, als hätten alle Energien dich verlassen, als könntest du nur noch die gleichen Dinge wiederholen, dieselben Orte besuchen, auf den Wellen des Applauses reiten, die du schon tausendfach erlebt hast.

Ich gehöre nicht zu denen, die in Überdosen oder aufgeschnittenen Adern eine Lösung sehen, aber ich kann nicht leugnen, dass auch ich nach Auswegen gesucht habe, nach einer Antwort auf die Fragen des Lebens. Wenn ich mit meinem geliebten Engel spaziere und Stunden mit ihm spiele, wenn er mich berührt und es sich anfühlt, als wäre ich einer von ihnen, und dann, wenn die Sonne untergeht und ihre letzten Strahlen das Meer in flüssiges Gold tauchen, flüstert mir manchmal meine innere Stimme zu: »Es ist Zeit zu gehen. Es ist Zeit, fernab der Gesellschaft zu leben, in der du so lange verweilt hast. Geh einfach weiter, folge deinen Träumen bis zum ewigen Horizont.«

Doch dann erfasse ich meinen Atem, sammle all meinen Mut und kehre zu dir zurück, mein geliebter Schnappi. Als ich mich umdrehe, sehe ich, wie du deinen Kopf aus der Decke streckst und mich mit deinen treuen Augen ansiehst, als würdest du fragen: »Wohin gehst du? Gehen wir gemeinsam nach draußen?«

In zweifacher Hinsicht stand ich kurz davor, mich auf das offene Meer zu wagen. Doch im entscheidenden Moment dachte ich an dich, meinen treuen Begleiter, und an all die Menschen, die ich so innig liebe. Sie würden wohl niemals verstehen, was passiert wäre, wenn ich am ewigen Horizont verschwunden wäre.

Nun erkenne ich klar, warum ich diesen Schritt bisher nicht gewagt habe. Die Antwort kommt mit dem Wind: Es wäre eine völlig egoistische Tat, ein Abbruch von allem, was mein Herz so kostbar macht. In solchen Momenten, wenn mein Engel mir mit seinen kleinen, aber kraftvollen Pfoten um den Hals greift, einfach nur lächelnd in meine Augen schaut und flüstert: »Ich liebe dich«, durchdringt mich ein unbeschreibliches Glück. Im Tanz mit dem Wind wird mir klar, dass mein Engel noch meine Liebe und Fürsorge braucht, dass er das Recht hat, bedingungslose Liebe zu erfahren.

Ich sehe vor mir die Zukunft, wie mein Engel wächst, stolpert und wieder aufsteht, wie er die Welt entdeckt und all die magischen Momente des Lebens erlebt. In guten wie in schlechten Zeiten will ich für ihn da sein, sein Vertrauter und Begleiter. Wenn die Zeit gekommen ist, möchte ich mit ihm die verrückten Abenteuer erleben, die das Leben so zu bieten hat.

Falls sein Schicksal anders ist, wenn er nicht für ein Leben wie das meine bestimmt ist, werde ich ihn trotzdem lieben. Ich werde ihm zuschauen, wie er seine eigenen Träume lebt, seine eigene Bestimmung findet. Eines Tages hoffe ich, dass wir gemeinsam die grundlegenden Prinzipien teilen, auf denen das wahre Leben aufbaut, und dass er mit den starken Flügeln, die seine Mutter ihm gegeben hat, zu seiner Bestimmung fliegt. Es ist nicht nur Verantwortungsbewusstsein, sondern das Wunder der reinen Liebe, die alles übertrifft, was man je empfinden kann.

Vielleicht werde ich eines Tages egoistisch genug sein, um für immer bei dir zu sein, mein lieber Schnappi. In diesem Moment überkommt mich das unstillbare Verlangen, dir mitzuteilen, was ich fühle: »Glück betritt nicht das Haus durch das Tor, es durchdringt keine Mauern und berührt nicht einmal den Türknauf. Glück und Liebe, das weißt du besser als ich, warten an offenen Türen. Immer. Sie sind wie der Wind, der nur durch offene Fenster weht. Man kann das Glück nicht zwingen, sich im Herzen eines Menschen niederzulassen, auch wenn man sein Möglichstes tut. Ich fühle mich unglücklich inmitten von Menschen, die ihre Türen mit hundert Schlüsseln verschließen. Niemand kann eine von innen verschlossener Tür von außen öffnen. Vielleicht stehen ihm weder das Recht noch die Kraft zu, das Leid und die Trauer dieser Menschen mit anzusehen – auch wenn der Schmerz wie ein stiller Schatten auf seinem Herzen liegt. Vielleicht ist ihm das Recht versagt, vielleicht fehlt ihm die Kraft, das unerträgliche Leid und die tiefe Trauer zu ertragen – doch der Schmerz brennt unaufhörlich in seiner Seele.

Der innere Schlüssel ist der einzige Bewohner des Hauses wie die Seele im Inneren eines Menschen. Als ich erkannte, dass meine Seele keine Türen, sondern undurchdringliche Mauern hatte, brachen sie unter der Kraft deiner einzigartigen Liebe zusammen – ohne Anstrengung von dir oder von mir. Diese Liebe fand den Weg zu mir, durchdrang meine tiefsten Winkel und brachte Licht in die Dunkelheit meiner Seele. Und so öffneten sich Türen, die ich nie für möglich gehalten hätte, und hinterließen den warmen Schein des Glücks, den ich in deinen Augen finde.

Als ich dich das erste Mal in meinen Armen hielt, nachdem du in die Welt geboren wurdest, dich in dein Bettchen legte und dich mit deiner wundervollen Mutter allein ließ, ging ich ins Krankenhaus und schlief fast zwanzig Stunden. Als ich erwachte, war alles fort – meine Vergangenheit, Erinnerungen, negative Gefühle, Ängste und die seelischen Narben. Ich öffnete die Augen in einem Raum, erfüllt von reiner Liebe, einem umfassenden, wundervollen Gefühl, das ich zuvor nicht gekannt hatte.

Seitdem durchströmt mich jeden Tag das Glück. Ich wache mit Freude auf, lege mich glücklich schlafen und bestaune täglich den inneren Frieden sowie die Geborgenheit, die ich ohne die Mauern der Verteidigung um mich herum empfinde. Glück und Liebe manifestieren sich, wenn man aufhört, sich gegen die Welt zu verteidigen. Jeder Tag ist eine Liebeserklärung an das Leben, seit du in mein Herz getreten bist und es mit reiner Liebe erfüllt hast. Ich bin von Herzen erfüllt. Schnappi, du bist das Licht meines Lebens, der Sonnenschein meiner Tage. Jeden Morgen, wenn ich die Augen öffne, finde ich Glück und Liebe in deinem treuen Blick. Du brauchst keine Mauer niederzureißen, denn mein Herz stand schon immer weit offen für dich. Deine Anwesenheit ist ein Geschenk, das mich täglich aufs Neue beglückt. Du sollst keine Arbeit mit mir haben, denn ich empfinde Glück, wann immer ich in deine liebevollen Augen blicke.

Manchmal wünschte ich, ich könnte das Glück erzwingen, so, wie man ein Fenster aufreißt, um den Wind hereinzulassen. Aber das Glück ist sanft und voller Weisheit. Es kommt von selbst, wenn wir bereit sind, es anzunehmen. Auch du, mein treuer Begleiter, bist ein Lehrmeister des Glücks. Deine Unbeschwertheit und Liebe erinnern mich daran, dass wahres Glück in den einfachen Momenten des Lebens zu finden ist.

Das Glück schreibt keine Gebote vor, es lässt uns frei, es zu fühlen oder nicht. So, wie du und ich, Schnappi, frei sind, einander zu lieben und die wunderbare Reise des Lebens miteinander zu teilen. Deine Gegenwart erfüllt mein Herz mit Dankbarkeit und Liebe. Möge unser Glück ewig währen, durch alle Höhen und Tiefen des Lebens.

Mein geliebter Schnappi, in deiner Gegenwart erlebe ich das reinste Glück, eine Woge von Liebe, die meinen ganzen Seelenraum erfüllt. Deine Freude ist wie ein bunter Schmetterling, der in meinem Herzen flattert und mein Inneres mit Licht und Wärme durchflutet.

Wenn ich dich ansehe, spüre ich die Magie des Augenblicks, eingefangen in einem Tanz von Glückseligkeit und Vertrauen. Deine Nähe ist wie eine sanfte Melodie, die meine Seele berührt und mich in ein Meer der Zufriedenheit trägt. Du, mein süßer Schnappi, bist nicht nur ein Gefährte, sondern eine lebendige Quelle des Glücks. Dein Lächeln ist der Schlüssel zu einer Welt, in der Sorgen verschwinden und nur die pure Freude existiert.

Möge das Glück, das du mir schenkst, zu dir zurückkehren, multipliziert und unendlich. Deine Liebe ist der kostbarste Schatz, den ich in meinem Herzen hüte. Ich danke dir für jeden Augenblick, den du mir mit Glück erfüllst, und ich verspreche, dass meine Liebe für dich ewig brennen wird.

Meine Liebe zu dir ist so überwältigend, Schnappi, dass sie sich kaum in Worte fassen lässt, vielleicht vergleichbar mit dem überwältigenden Glanz, den ich heute in einem wundervollen Sonnenstrahl gesehen habe. Du erfüllst mein Herz mit einem Eifer, die tief in meine Seele eindringt und meinen ganzen Körper durchströmt.

Ich liebe dich mehr, als meine Worte je ausdrücken könnten. Diese Liebe zu dir scheint die Grenzen des Universums zu sprengen und geht über alles Verstehen hinaus. Mein Verlangen nach Glück spiegelt sich in der Gewissheit, dass auch du dieses Glück in dir trägst, mein geliebter Schnappi.

Möge diesen Zeilen dich nicht nur umarmen, sondern dich auch mit zärtlichen Küssen überhäufen. Jeder Kuss ist ein liebevoller Gruß, der nur für dich bestimmt ist, mein treuester Schnappi.«

All jenen, die meinen kleinen Freund noch nicht kennen, möchte ich Schnappi vorstellen. Schnappi ist weit mehr als nur ein schwarzer Labrador; er trat vor genau vierzehn Jahren, neun Monaten und vierundzwanzig Tagen in mein Leben an einem bedeutsamen Tag. In jenem Moment in der Klinik überkam mich das Gefühl, dass die Zeit gekommen sei, meinen Ängsten mutig ins Gesicht zu blicken und meine Träume Wirklichkeit werden zu lassen. Ein Punkt ohne Umkehr, und in diesem Gewahrsein fühlte ich eine Mischung aus pulsierender Aufregung und tiefster Entschlossenheit. Ich erwarb nicht einfach einen Hund; ich nahm Schnappi auf, aber in Wahrheit kann man einen solch liebevollen Begleiter niemals besitzen. Nach meiner Entlassung aus der Klinik wurde Schnappi mehr als nur ein treuer Freund – er wurde meine Zuflucht, meine Quelle der Hoffnung und ein Spiegel meiner innersten Gefühle. Schnappi, mein treuer schwarzer Labradorwelpe, ist wie ein lebendiges Bündel purer Liebe und unendlicher Freude. Sein glänzendes schwarzes Fell spiegelt nicht nur seine äußere Schönheit wider, sondern auch das lebendige Strahlen seines Geistes. Seine Augen, glänzend vor Neugier und Zuneigung, sprechen eine universelle Sprache bedingungsloser Liebe. Wie gesagt, Schnappi ist nicht nur ein Hund, sondern ein liebevoller Begleiter, der mit jedem Wedeln seines schwarzen Schwänzens und jedem freudigen Bellen meine Welt in pure Magie verwandelt. In seinen Augen spiegelt sich nicht nur Vertrauen, sondern auch eine tiefe Freude wider, die die Seele berührt. Sein fröhliches Bellen und sein sanftes Schnurren schaffen Momente, die mein Herz auf eine Weise berühren, die schwer in Worte zu fassen ist – Augenblicke, die mich daran erinnern, wie kostbar und einzigartig die Verbindung zwischen Menschen und Hund ist. Ich war mir bewusst, dass ich niemandem außer mir selbst etwas zu beweisen brauchte, doch der tiefe Wunsch, in vollkommener Harmonie mit meinen Gefühlen und Gedanken zu leben, verlieh meiner Seele Flügel. Ich strebte danach, die tiefe Wahrheit zu erkunden, die ich schon immer hinter allem vermutet hatte, und danach zu leben.

Mit ganzer Überzeugung kann ich heute sagen: »Es ist genug!« Ich gestalte mein Leben nach meinen eigenen Grundsätzen, ohne dabei die Gefühle anderer zu verletzen. Manchmal ist es notwendig, zu seinen Überzeugungen zu stehen, auf sein Herz zu hören und den eigenen Träumen zu folgen.

In der Stille einer unerwarteten Begegnung berührt uns eine Liebe, die uns heimkehren lässt – zu uns selbst.

Heute begreife ich, dass unsere Lebenswege dazu bestimmt waren, sich früher oder später zu kreuzen, und ich empfinde eine tiefe Dankbarkeit für diese wundersame Begegnung.

Durch Schnappi habe ich die Sprache der wahren Liebe wiederentdeckt – jene universelle Sprache des Herzens, die aus der tiefsten Liebe geboren ist und uns zu einem untrennbaren Teil des Universums macht. Diese Sprache erlaubt es uns, mit allen Lebewesen in Verbindung zu treten. Sie ist uns allen von Geburt an gegeben, doch im Laufe des Erwachsenwerdens neigen wir dazu, sie zu vergessen.

Jetzt weiß ich, dass Schnappi auf mich gewartet hat. Es galt nur, ihn zu finden – und ich fand ihn. Er half mir, die wortlose Sprache der Liebe neu zu ergründen. Wenn jemand daran, was ich bis jetzt geschrieben habe, Zweifel hegt, mag es vielleicht besser sein, dieses Buch zuzuschlagen und seine Zeit nicht mit der Lektüre zu vergeuden. Ich respektiere die Vielfalt der Meinungen, auch wenn sie nicht mit meinen übereinstimmen.

Auf meiner Reise habe ich Grenzen überwunden, die ich nie für möglich gehalten hätte, und Schnappi spielte dabei eine überaus bedeutende Rolle. Deshalb ist meine kurze Geschichte eine zutiefst emotionale Ehrung dieses außergewöhnlichen Wesens, das ich kennenlernen durfte und mit dem ich in den vergangenen Jahren wahre Wunder erlebt habe. Schnappi ist für mich nicht nur ein Begleiter – er ist ein kostbares Geschenk des Lebens, das meine Existenz bereichert hat. Schnappi hat mich in seine Welt und die seiner Freunde herzlich eingeladen. Seine unerschütterliche Stärke, die allen Widrigkeiten trotzt, hat mir so viele lebensverändernde Lektionen geschenkt und mir die Kraft verliehen, endlich meinen vielleicht letzten großen Traum anzugehen: mit einer noch tieferen Entschlossenheit diejenigen zu verteidigen, die sich selbst nicht schützen können.

In deiner klaren Welt, lieber Schnappi, habe ich nicht nur gelernt, sondern auch das schmerzhafte Leid gesehen, das wir, oft ohne es zu bemerken, unseren tierischen Freunden zufügen. Ich hoffe, meine lieben Freunde, dass auch ihr von Schnappi lernen könnt. Um wahre Veränderungen zu bewirken, sollen wir in die Handlung treten. Was das Herz nicht in Worte fassen und in die Tat umsetzen kann, wird für immer in unseren Gedanken begraben bleiben. Der Körper erkrankt, der Wille der Seele wird schwach. Doch wenn das Herz direkt zu den Menschen spricht und wir unseren Worten wirkliche Taten folgen lassen, heilt der Körper, und die Seele findet Frieden. Schnappi hat mir verdeutlicht, dass wir immer noch die Macht haben, die Dinge zum Besseren zu wenden und unseren Seelen dabei zu helfen, sich von den Wunden zu erholen, die wir ihnen zugefügt haben. Doch wenn wir weiterhin zögern, wird es zu spät sein.

Einmal sagte Schnappi zu mir, während wir gemeinsam in den Sonnenuntergang blickten: »Auch wenn all meine Träume zu zerbrechen drohen, wird der Frühling dennoch mit neuer Hoffnung grünen – mit oder ohne mich.«

Schnappi, du mit deinem reinen Herzen, das so groß ist, dass es niemals Platz für Groll findet, bist auch ein Dickkopf, und du erinnerst mich daran, dass du nicht mehr gewillt bist, all das zu ertragen, was ich von dir verlange. Ich liebe dich, Schnappi. Du bist mein treuer Freund, der mich zum Träumen gebracht hat. Der Tag, an dem ich dich zum ersten Mal erblickte, ist in meiner Erinnerung so frisch wie der Morgentau.

Doch jetzt, in diesem bewegenden Moment, überlasse ich die Bühne meinem geliebten Schnappi, dem Helden meiner Geschichte. Unsere Erzählung ist eine Ode an die Lebensfreude, ein zärtliches Gedicht, das das Überleben gegen alle Widerstände feiert.

Lieber Schnappi, diese Zeilen sind mein still eingelöstes Versprechen – an dich und an alle, die ihr Herz öffnen für das, was bleibt. Auch wenn jeder von uns weitergeht, bleibt die Liebe – leise, unvergänglich und licht – wie ein letzter Schein im Abendhimmel, der uns heimwärts führt.

Kapitel 2

Wasser, Futter und der Frischkäse

Frisches Wasser und etwas Futter – das war vor vierzehn Jahren, neun Monaten und vierundzwanzig Tagen deine erste bescheidene Bitte an mich. In jener Zeit konnte ich nicht recht verstehen, warum du so wenig verlangt hast. Du sagtest einfach: »Aus der Gesellschaft auszusteigen und alles, was damit zusammenhängt, hinter sich zu lassen, ist keine einfache Entscheidung. Dennoch wirst du feststellen, dass dir dein Entschluss nicht nur den Frieden und die Ruhe schenken wird, die du suchst, sondern sehr viel mehr ...«

Dann, an einem Abend, während ich auf dem Boden saß und den warmen, roten Schein der Lampe betrachtete, schien ich eine Bewegung von dir zu spüren. Ich erhob mich, und noch bevor ich etwas begreifen konnte, erklang deine sanfte Stimme: »Danke für das Wasser und das Futter.«

Als ich dich zum ersten Mal erblickte mit deinen winzigen Pfoten und diesen wundervollen, tiefschwarzen Augen, die unmittelbar in meine Seele zu blicken schienen, erschienst du so unglaublich zerbrechlich. Deine Anmut und Zartheit verliehen dir jedoch eine einzigartige Präsenz, die mein Herz augenblicklich berührte. Du warst wie ein zartes Gedicht, das in meiner Existenz aufblühte.

Deine Zerbrechlichkeit schuf einen Kontrast zu der kraftvollen Ausstrahlung, die von dir ausging. Es war, als ob in diesem Moment Anmut und Stärke eine harmonische Symbiose eingegangen wären. Mein Herz schlug schneller, und ein warmer Schauer durchzog meinen Körper, als ich erkannte, dass du nicht nur ein Lebewesen warst, sondern ein kostbares Geschenk, das meine Welt mit Liebe und Freude durchdringen würde.

»Bist du ein Wildtier?«, fragte ich behutsam, während mein Blick in dem deinen versank.

»Ja, das bin ich«, erwidertest du mit einer Sanftheit, die meine Unsicherheit schmolz.

»Und hast du keine Angst vor mir?«, fragte ich weiter; dabei pochte mein Herz laut in meiner Brust.

»Überhaupt nicht, denn du besitzt eine gute Seele«, klang deine Antwort, durchdrungen von Vertrauen und Verbundenheit.

»Wie heißt du?«, erkundigte ich mich, leicht gefasst.

»Das weiß ich noch nicht«, entgegnete der Labrador. »Meine Freunde nennen mich mal so, mal so.«

Ich überlegte, von einem warmen Gefühl durchströmt. »Erlaubst du mir, dich Schnappi zu nennen? …, weil du dich vor vier Wochen in meine Hose verbissen hast, als wolltest du sagen: Dich lass ich nie mehr gehen. Und vielleicht hast du es damals schon besser gewusst als ich.«

Schnappi starrte mich an, und in diesem Moment schien die Zeit stillzustehen.

»Aber so nennen mich auch die meisten meiner Freunde!«, antworte er.

Ich war sprachlos. Konnte das ein Zufall sein?

»Und wie heißt du?«, wollte Schnappi wissen, und sein Blick durchdrang meine Seele.

»Nenn mich einfach Pierre«, flüsterte ich, von einer emotionalen Verbindung ergriffen, die weit über Worte hinausreichte.

In diesem einen magischen Moment hätte ich mir niemals träumen lassen, wie tiefgreifend Schnappi mein Leben und meine gesamte Weltsicht verändern würde. Das erste Jahr, das ich mit

Schnappi verbrachte, fühlte sich an wie ein verzaubertes Märchenland.

Jeder von uns trägt Ängste und Sorgen in sich – von allem, wenn die Engel noch so klein sind. Das ist ein untrennbarer Teil unserer Menschlichkeit, eine lebendige Symphonie der Emotionen, die uns formt und zu dem macht, was wir sind. Doch immer, wenn ich mit Schnappi zusammen war, schmolzen alle meine Sorgen dahin, als hätte die pure Liebe sie vertrieben, wenn auch nur für einen flüchtigen, aber kostbaren Augenblick. Auf unseren Spaziergängen durch die vertrauten Straßen von Kreuzberg ließ ich meine Gedanken wie Blüten im Wind treiben. Schnappi, mit leidenschaftlichem Elan, jagte einer flinken Katze nach, ohne Aussicht auf Erfolg. Doch in diesen scheinbar simplen Moment verschwammen alle Nebensächlichkeiten des Lebens, und es blieben nur die essenziellen Dinge übrig – die bedingungslose Freude, die im Spiel meines treuen Begleiters pulsierte.

Die Sonne strich zärtlich über unsere Gesichter, und die Welt verharrte in einem Augenblick vollkommener Ruhe. Das fröhliche Bellen Schnappis durchbrach die Stille und füllte die Luft mit einer zauberhaften Energie. In solchen Atemzügen verschwand der Lärm der Welt, die hektischen Rhythmen des Alltags schienen wie ein ferner Traum. Die Bindung zu meinem flauschigen Gefährten erschuf eine Insel der Geborgenheit, ein stilles Paradies inmitten des tobenden Ozeans des Lebens. Schnappi war nicht nur ein Hund – er war meine Zuflucht, mein Herzvertrauter. Sein Blick sprach Bände, eine unausgesprochene Verbindung, die tiefer ging als jedes Wort. Wenn er sich an mich niederlegte, spürte ich eine Wärme, die wie ein sanfter Strom bis in meine Seele drang. Eine Wärme, die mich daran erinnerte, dass wahre Liebe oft in den stillen, unscheinbaren Momenten des Daseins verborgen lag. Diese kostbaren Wichtigkeiten mit Schnappi waren nicht nur ein Anker, sondern ein leuchtender Sternenhimmel in den stürmischsten Zeiten. Sein Dasein war wie ein farbenfroher Regenbogen in den dunkelsten Stunden. In seiner Gegenwart konnte ich nicht nur die Welt umarmen, sondern auch meine eigenen Ängste überwinden und mich von den einfachen, aber tiefgreifenden Freuden des Lebens mitreißen lassen.

Ich schwebte im Glück, wenn ich Schnappi dabei beobachtete, wie er an einem kleinen Loch schnüffelte und den Sand aufgrub, selbst wenn ich anfangs keine Ahnung hatte, welchen Zweck er damit verfolgte. Mit seinen Pfötchen grub er immer tiefer, schnüffelte wieder und wieder, bis das Loch so tief war, dass ich oft nur noch seinen schwarz glänzenden Schwanz sehen konnte. Und wenn ich am wenigsten damit rechnete, tauchte er wieder aus dem Loch auf, legte sich davor, mit den Augen starr darauf gerichtet, die Ohren wie Radarschirme fokussiert, und der Schwanz wedelte von einer Seite zur anderen. Plötzlich, wie aus dem Nichts, tauchte eine Ratte auf.

»Schnappi wird das arme Ding fressen!«, dachte ich. In meinem Herzen kämpften die Zweifel, denn er war ein Hund, und die Natur verlangte nach ihrem Lauf, so traurig es mich auch machte. Doch zu meiner Überraschung blieb Schnappi einfach im dreckigen Kreuzberger Sand liegen, während die angstvolle Ratte langsam ihre Fluchtroute zum Wasser einschlug. Schnappi tat nichts, sondern beobachtete nur, wie die Ratte im Kanal verschwand und sich in Sicherheit brachte. Das weckte mein Interesse.

»Ich verstehe dich nicht, Schnappi«, sagte ich.

»Was verstehst du nicht?«, erklang Schnappis ruhige Stimme.

»Du gräbst zwanzig Minuten lang ein Loch, versuchst unerbittlich, das Versteck der Ratte aufzuspüren, und wenn du sie endlich gefunden hast, lässt du sie einfach laufen!«

»Ich bin nicht hungrig«, antwortete Schnappi gelassen.
»Warum machst du es denn dann?«
»Zum Spaß! Ich spiele so gern.«
»Aber das ist leichte Beute!«, widersprach ich.
»Wieso soll ich ein Tier töten, wenn ich keinen Hunger habe? Das ist grausam, und Grausamkeit liegt weder in meiner Natur noch in meinem Herzen.«

Mir verschlug es die Sprache. Schnappi hatte mir eine Lektion erteilt, die ich mein Leben lang nicht mehr vergessen würde. Es war eine Sache, einen Film über Hundeerziehung im Fernsehen anzusehen, etwas ganz anderes aber, die Natur mit eigenen Augen zu erleben.

»Ich danke dir für das Futter, das Wasser, den Frischkäse und unser Zuhause«, hauchte Schnappi mit einer Anmut, die tiefe Dankbarkeit und Verbindung ausdrückte. »Danke dir dafür, dass du mich als das respektierst, was ich bin. Die meiste Zeit hilfst du den Tieren. Ich weiß auch, dass du den alten Hunden Gesellschaft leistest. Ich habe nie gesehen, dass du eine Ameise oder eine Spinne getötet hättest. Jedes Tier, das dir begegnet, ob groß oder klein, ist bei dir willkommen.«

Ein Moment der Stille hing in der Luft, bevor ich antwortete: »So bin ich eben.« In dieser einfachen Aussage spiegelte sich nicht nur mein Wesen, sondern auch die Liebe und Achtung wider, die ich für jedes Lebewesen empfand. Eine Verbindung, die in der Stille zwischen uns vibrierte.

»Das Leben, mein Freund, ist der kostbarste Schatz, den wir tragen. Niemand kann wählen, wo oder als was er geboren wird. Daher ist es unsere Pflicht, jedes Lebewesen zu achten, selbst eine winzige Ameise. Als mein Herz mir sagte, ich solle alles hinter mir lassen, wusste ich nicht, was mich erwartete. Doch schon vor langer Zeit habe ich mir selbst das Versprechen gegeben, stets auf die Stimme meines Herzens zu hören. Und nun stehe ich hier. Einst ein Fremder in deiner Welt, die lange vor meiner Ankunft schon lebte, fand ich mich auf der Suche nach meinem Platz wieder. Behutsam lernte ich, mich in ihr Gefüge einzufügen. Heute verstehe ich, warum ich hierhergekommen bin — denn hier habe ich meine Bestimmung gefunden. Schon als Welpe spürte ich die Schönheit, die mir begegnete. Doch sei gewiss, ich bin nur Gast auf diesem Pfad und ehre die Natur, so wie ich sie vorgefunden habe. « Ich saß neben Schnappi im Sand. »Schau dir die Häuser hinter uns an«, sagte ich. Der Schwarze Engel drehte sich um. »Und jetzt stell dir hundertmal höhere Berge vor als diese Häuser dahinten.«

»Hundertmal größer?«, erkundigte sich Schnappi, und seine Augen leuchteten vor Erstaunen.

»Ja, an manchen Orten auf der Welt gibt es solch majestätische Berge. Weit entfernt liegt ein Land, das Kanada heißt. Dort, hoch oben auf den Gipfeln, leben bescheidene Menschen. Sie verstehen, wie man in Frieden und Eintracht mit der Natur und den Tieren lebt, mit denen sie ihr Land teilen. Als ich bei ihnen war, habe ich so viel gelernt.«

»Was hast du gelernt?«, fragte Schnappi.

»Dass das Leben heilig ist, sei es das eines kleinen Baumes oder das eines majestätischen Blauwals. Ich habe gelernt, dass ich nicht das Recht habe, etwas Lebendiges zu nehmen.«

»Hier offenbart sich eine wunderbare Welt «, meinte Schnappi.

»Ja, es ist dort so wunderschön, kleiner Freund«, sagte ich mit einem Hauch von Wehmut. »Die Menschen dort akzeptieren den natürlichen Lauf des Lebens. Sie nehmen nur so viel von der Natur, wie sie zum Überleben brauchen.«

Schnappi rückte näher zu mir. »Ich wünschte, auf der ganzen Welt wäre es so wie dort!«

»Ich auch«, sagte ich leise. »Ich auch.«

In diesem Moment fühlte ich die zutiefst menschliche Sehnsucht nach einer Welt, in der Mensch und Natur im harmonischen

Miteinander leben würden. Eine Sehnsucht, die oft von der Realität unserer Welt überschattet wurde.

Langsam verabschiedete sich die Sonne hinter dem Horizont, und Wolken in all ihren Schattierungen bedeckten den Himmel. Schnappi spazierte wie an jedem Tag am Paul-Lincke-Ufer entlang, um den Sonnenuntergang zu bestaunen. Oft setzte er sich lange in den Sand und betrachtete den Vollmond.

»Mein Pierre«, sagte Schnappi ergriffen zu mir. »Du stehst der Welt so anders gegenüber als die meisten Menschen, und das gibt mir Hoffnung.«

»Wie meinst du das?«, fragte ich, meinen Blick auf den sich verfärbenden Himmel gerichtet.

»Ich habe viele Freunde, die dich gerne kennenlernen würden, wenn du möchtest.«

»Was für Freunde?«, erkundigte ich mich.

»Freunde, die du nicht sehen kannst, weil sie sich in der dunklen Nacht verbergen oder tagsüber still in ihrem Versteck verharren. Weißt du, sie alle haben Angst vor den Menschen.«

»Warum?«, fragte ich, während meine Gedanken den Geheimnissen der Nacht nachhingen.

»Weil die Menschen ihre Heimat zerstören. Sie haben die Gewässer verschmutzt, wo die Tiere ihren Durst stillten. Sie haben die Bäume gefällt, wo sie einst Schutz fanden und ihr Zuhause war! Und manchmal haben die Menschen sie einfach so, aus Spaß, umgebracht. Meine Freunde betrachten die Menschen als ein Virus, das sich auf der Erde verbreitet und alles zerstört, sogar andere Menschen tötet. Was die Menschen tun, verstößt gegen das wichtigste Naturgesetz. Wir begreifen nicht, warum ihr so handelt.«

Mir steckte ein Kloß im Hals. »Verzeih mir, Schnappi, dass ich einer Art angehöre, die manchmal so grausam sein kann.«

»Verzeihen ist kein Gebot deines Herzens«, sagte Schnappi

sanft, »aber wenn du wahre Versöhnung mit dir und der Natur suchst …«

»Dann?«, flüsterte ich.

Schnappi kam ganz nah zu mir, berührte mich mit seiner nassen kleinen Nase direkt über dem Herzen und hauchte sanft: »Dann sollst du die Liebe zur Natur in dein Herz lassen.«

Ich fühlte eine tiefgreifende Verbindung zu Schnappi und der Natur.

»Wenn du echte Vergebung suchst«, hauchte er, »dann bleib bei mir, und ich zeige dir meine Freunde. Du kannst ihre Geschichten hören, vielleicht kannst du auf irgendeine Weise den Schmerz und das Leid bekannt machen, das die Menschen meinen Freunden zufügen.«

Eine Träne entrang sich meinem Herzen, ein stummer Ausdruck meiner tiefen Emotionen.

»Ja, Schnappi. Ich tue es für dich. Ich höre mir ihre Geschichten an.«

»Nein. Du sollst es für meine Freunde tun und für deine Menschen-Freunde. Hoffentlich kannst du damit allen klarmachen, was gerade mit unserer Welt geschieht. Sag ihnen, dass es noch nicht zu spät ist, dass es eine Möglichkeit gibt, wie alle Lebewesen in Harmonie leben können, dass aber der Zeitpunkt, um das Gleichgewicht unserer empfindlichen Welt wiederherzustellen, schon bald verstrichen sein wird.«

In diesem Moment durchzog mich ein Gefühl von tiefster Verpflichtung und die Gewissheit, dass die Zeit drängte.

Eines Nachmittags, nach unserem Spaziergang, kehrte ich nach Hause zurück, und meine Augen strahlten vor Freude. Mit einem Lächeln auf den Lippen ging ich in die Küche, um dir deinen geliebten Frischkäse zu geben.

Dein begeistertes Gesicht sagte: »Lebe ganz einfach. Lebe für den Rest deines Lebens mit einem Sonnenstrahl in deinem Herzen. Die Zukunft kommt früh genug, ganz gleich, was man tut. Und dann wird einem klar, wie wichtig es ist, dass man sich Zeit nimmt zu leben, um glücklich zu sein.«

»Glück, Seelenfrieden und innere Ruhe zu finden, so verloren man sich auch fühlen mag, ist nicht einfach. Menschen sagen oft: ›Die Zeit heilt alle Wunden.‹ Ich sage dir aber, mein treuester Freund: ›Man soll geduldig sein.‹ Es geschieht nicht in einem Augenblick oder an einem einzigen Tag, sondern dann, wenn man es am wenigsten erwartet. Dann passiert etwas Außergewöhnliches: Man hört auf, gegen sein Schicksal anzukämpfen. Man nimmt sein Leben an, wie es ist, anstatt etwas anderes daraus machen zu wollen. Man soll sich nur zu seiner Bestimmung führen lassen. Dann lebt man mit dem, was das Leben einem schenkt, im Hier und Jetzt.«

Schnappis geduldige schwarze Augen starrten mich die ganze Zeit an, bis sie sagten: »Gib mir jetzt endlich meinen Frischkäse!«

Diese simplen Worte tragen die Essenz eines erfüllten Lebens, eines Lebens, das von den kleinen Freuden und wahren Genüssen geprägt ist. Der Frischkäse in meinem Herzen symbolisiert nicht nur den köstlichen Geschmack des Glücks, sondern auch die Fähigkeit, Freude in den kleinen Dingen des Lebens zu finden. In diesem Augenblick, als Schnappis ungeduldiger Hunger unsere tiefe Dankbarkeit unterbrach, durchbrachen wir die Stille mit einem herzlichen Lachen. Unsere Seelen vereinten sich in diesem Lachen, und es schien, als ob die Welt für einen Moment stillstünde. Die Alltäglichkeit des Lebens wurde zu einem kostbaren Schatz, während das Wissen und die Liebe zwischen uns wie ein unsichtbarer, unzerstörbarer Faden wuchsen.

Es war mehr als ein einfaches Lachen; es war eine Huldigung an die gemeinsamen Erlebnisse, die Freude an den kleinen Dingen des Lebens und die Liebe, die uns miteinander verband. In der Zartheit dieser vergänglichen Zeit wurde deutlich, dass wahre Erfüllung oft in den unscheinbaren Gelegenheiten des Lächelns und Lachens lag, die das Band unserer Verbindung festigten. Seine Art, sich im Kreis zu drehen, war einzigartig. Es war, als ob er die Freude eines Kängurus, das meterweit und schnell springt, mit der Anmut eines Delfins verbände, der kunstvolle Pirouetten vollführt, wenn er aus dem Wasser auftaucht. »Einzigartig zu sein, anders als andere, ist nicht nur besonders, sondern ein wahrer Segen«, dachte ich, während ich deine anmutigen Sprünge bewunderte.

Jedes Geschöpf auf dieser Welt hat einen Sinn in seinem Leben. Keines ist so klein oder so unbedeutend, dass es nicht etwas Wunderbares beitragen könnte. Das Glücksgefühl, das in meinem Herzen explodiert, wenn ich den Deckel von dem Frischkäse öffne, zaubert mir bis heute immer ein Lächeln ins Gesicht. Dafür danke ich dir aus tiefstem Herzen, Schnappi.

Manchmal ziehe ich mich zurück in meinem Leben, um meine Wunden zu lecken, bis sie heilen, dann beginnt der Prozess meiner Reflexion. Um weiterhin meine Träume zu verwirklichen, soll ich alle alten Gewohnheiten, alten Narben und schmerzlichen Erinnerungen aufgeben. Nur wenn ich frei bin von der Last der Vergangenheit, kann ich einen Vorteil aus der Renovierung meiner Geschichte ziehen, um wieder jung zu sein. Die pechschwarze Dunkelheit ist nicht nur die Nacht, die unsere Augen umhüllt und uns blind macht, sondern auch die Nacht, der wir in den tiefsten Winkeln unseres Herzens Asyl gewähren. Genauso ist das hellste Licht nicht nur der Tag, der unsere Körper von außen bestrahlt, sondern auch das Licht, das in den offenen Feuerstellen unserer Herzen brennt und warm aus unseren Augen strahlt.

Lasst dieses Licht zu. Vertraut eurem Gespür, egal, was andere sagen oder denken mögen.

Ich habe die Erfahrung gesammelt, dass mein Zwillingsbrüder und ich durch unsere Fähigkeiten und unser Äußeres aus der Masse herausragen, aber auch erlebt, dass die glücklichsten Momente für uns nicht diese herausragenden waren, sondern diejenigen, die uns gelehrt haben, uns so zu akzeptieren, wie wir sind.

Versucht, euch selbst so anzunehmen, wie ihr seid! Vergleicht euch niemals mit anderen – ihr seid einzigartig auf dieser Welt! Als eineiiger Zwilling so etwas zu sagen, ist nicht einfach. Liebt euch selbst, und vielleicht, wenn ihr das nächste Mal den Frischkäse öffnet, wird ein kleiner Sonnenstrahl in eure Herzen eintreten, und ihr werdet für den Rest eures Lebens mit einer befreiten Leichtigkeit lächeln.

Kapitel 3

Balkonmomente mit frisch gebrühtem Kaffee

Es war bereits dunkel, als ich von meiner Firma zurückkam. Die Straßen lagen still, in ein Tuch aus Schatten gehüllt, und meine Gedanken schweiften irgendwo zwischen Müdigkeit und Sehnsucht.

Doch kaum öffnete ich die Tür, spürte ich es – ein zarter Strom aus Licht und Wärme, der mir entgegenschwappte wie eine vergessene Melodie. Da stand er. Schnappi wartete auf mich, als hätte sein Herz die Sekunden gezählt. Freude stieg in mir auf, leise zuerst, dann wie ein heller Ruf. In seinem Blick lag alles: Heimkehr, Vertrauen, Liebe ohne Bedingung.

»Hallo, Schnappi«, rief ich mit einem Lächeln.

»Hallo, mein Lieber. War's schön draußen?«, antwortete er mit einem Schwanzwedeln, das vor lauter Freude fast seinen ganzen Körper ergriff.

»Ja, wie immer, Schnappi. Es war gut, mal wieder kreativ zu sein«, erzählte ich ihm, während ich mich bückte, um ihn zu streicheln. Seine Augen funkelten wie Sterne, und ich fühlte mich in diesem Moment so dankbar für seine bedingungslose Liebe. Schnappi wedelte weiterhin begeistert mit dem Schwanz, als ob er meine Freude teilte und vollkommen verstehen würde. Seine Schwanzschläge waren kraftvoll und zugleich auf eine unbeholfene Art wunderschön. In seiner Nähe fand meine Seele Balsam, eine heilende Streicheleinheit.

»Willst du mit mir spazieren gehen? Dann können wir zu meinem Lieblingsplatz gehen«, schlug er vor, als könnte er meine

Gedanken lesen. Ein fröhliches Glitzern lag in seinen Augen, als ob er schon genau wüsste: Gleich geht's los.

Ein herzliches Lachen entrang sich meiner Brust. »Natürlich, Schnappi! Ich freue mich schon darauf. Ich ziehe mir nur die Schuhe an, und dann gehen wir spazieren und ein bisschen spielen«, versprach ich ihm.

Ich schlüpfte in meine Schuhe, und ein leiser Gedanke stahl sich in mein Herz – ein Bild aus längst vergangenen Tagen.

Schnappi, kaum größer als ein zusammengerollter Pullover, hatte damals ein ganz besonderes Faible: meine Schuhe.

Nicht zum Apportieren.

Nicht zum Kuscheln.

Zum Zerbeißen. Mit Inbrunst.

Er schlich sich heran wie ein kleiner Dieb, packte sich meinen Lieblingsschuh, als wäre es ein erlegter Wolf – und dann: knirsch, knabber, kau!

Sohle ab, Schnürsenkel durch, und ein Blick, als hätte er ein Meisterwerk vollbracht.

Ich erinnere mich an diesen Moment – halb verzweifelt, halb gerührt – als ich vor dem zerfetzten Turnschuh stand und er mich mit treuen, völlig unschuldigen Augen ansah, als wollte er sagen:

»Ich wollte nur, dass du nicht ohne mich gehst.«

Heute lächle ich darüber. Und tief drinnen weiß ich: Er hat damals nicht nur den Schuh zerlegt. Er hat sich in mein Leben hineingebissen – für immer.

Wir machten uns gemeinsam auf den Weg, Seite an Seite, durch die Dunkelheit, die von seiner fröhlichen Aura erhellt wurde. Es waren diese kleinen, scheinbar unspektakulären Augenblicke, die den Abend zu einem magischen Abenteuer machten. Nach etwa zehn Minuten erreichten wir eine Brücke, die über die Straße führte. Unter der Brücke lagen Steine aufgeschichtet, und Schnappi führte mich behutsam durch das Gebüsch.

Im grellen Licht meiner Handy Taschenlampe sah ich plötzlich ein großes Loch, das in die Erde gegraben war. Schnappi blieb stehen, und ich tat es ihm gleich. Als ich das Licht auf eine Stelle richtete, traute ich meinen Augen nicht! Überall lagen Plastikflaschen, Bierdosen und Müll verstreut. Der Gestank war bestialisch, und mein Herz zog sich vor Mitleid zusammen, als würde der Stock auf einer Müllkippe hausen.

»Das ist schrecklich«, flüsterte ich, während Schnappi mich mit traurigen Augen ansah, als könnte er den Schmerz der verschmutzten Umgebung spüren.

»Warum liegt der Stock ausgerechnet hier?«, fragte ich mit einem Hauch von Verzweiflung.

»Wohin sollte ich ihn denn legen?«, antwortete Schnappi mit einem traurigen Blick.

»Auf eine Wiese oder im Park«, schlug ich vor.

»Warst du in letzter Zeit mal dort?«, fragte er mich einfühlsam.

»Seriös gesagt, nein«, gestand ich, und ein Gefühl der Schuld breitete sich in mir aus.

»Genau. Denn der Park, von dem du sprichst, ist schon lange verschwunden.

Eines Tages kamen sie – mit ihren Maschinen, ihrem Lärm, und nahmen den Atem des Parkes. Die alten Bäume fielen, einer nach dem anderen, und mit ihnen die Stille. »Nur wenige durften bleiben«, flüsterte Schnappi, und in seiner Stimme lag die Melancholie der Erinnerung.

»Dort, wo einst Leben rauschte, wuchsen ihre Nachfolger – stumm, kalt, aus Beton. Sie warfen Schatten, aber kein Licht fiel mehr durchs Blätterdach. Kein Vogel sang, kein Wind spielte mehr mit den Kronen. Nur Schweigen zwischen den grauen Stämmen.« Tränen stiegen mir in die Augen. Dieser einst lebendige Park hatte niemandem etwas getan und ertrug dennoch großes Leid. Er fügte sich seinem Schicksal, und der Gedanke daran machte mich tieftraurig.

Als Schnappi sieben Jahre alt war, zogen wir von Kreuzberg aus in einen Berliner Vorort. Morgens saß ich auf meinem Balkon, während die ersten Sonnenstrahlen den Tag begrüßten. Der frisch gebrühte Kaffee duftete verlockend. Mein Balkon war ein Ort, an dem allein Schnappi und ich unserer wahren Natur begegnen konnten. Kein Tratsch, kein Konkurrenzdenken, niemand, der uns verurteilte. Nur der leise Klang der Bäume in vollkommener Harmonie. Schnappi wedelte freudig mit dem Schwanz und legte sich zu mir. Wir genossen den warmen Sonnenstrahl auf unseren Gesichtern.

»Ich liebe dich, Pierre«, sagte Schnappi sanft.

»Ich liebe dich auch, Schnappi«, erwiderte ich.

Wir lagen einfach da, und einige Stunden vergingen, bis es kurz vor Sonnenuntergang war.

»Warum?«, fragte mich Schnappi.

»Warum was?«, antwortete ich.

»Warum hast du dein Leben aufs Spiel gesetzt?«, hakte Schnappi nach.

»Ich war streng mit mir – vielleicht zu streng. Unzufrieden, verletzt. Denn ich sah mit an, wie alles, was wir in so kurzer Zeit erschaffen hatten, Stück für Stück zerbrach. Ich hatte keine Kraft mehr. Es war nur noch eine Frage der Zeit, bis ich …« Meine Stimme brach ab.

»Bist du was?«, hakte Schnappi nach.

»Wenn ich meine Einstellung gegenüber dem, was ich erreicht habe – und ich habe wirklich viel erreicht – nicht geändert hätte, dann wäre ich früher oder später, nett gesagt, von der Oberfläche verschwunden«, gestand ich.

»Aber sie konnten dich doch nicht einfach sterben lassen. Also gab es noch Hoffnung?«, fragte Schnappi hoffnungsvoll.

»Hoffnung? Ja«, sagte ich.

Ich weiß nicht, wie lange wir geschlafen haben. Irgendwann spürte ich eine warme kleine Nase, die mich anstupste, und eine zarte Zunge, die mich an der Nase kitzelte, sanft weckte. Ich öffnete die Augen und meinte, in das Gesicht eines Engels zu blicken, dessen schöne Augen voller Frieden leuchteten.

»Hallo, Träumer«, begrüßte er mich liebevoll.

»Hallo, Schnappi«, erwiderte ich mit einem Hauch von Dankbarkeit.

Der Mond stand wie ein leuchtender roter Blutball am Himmel, erhellte die Nacht und ließ die Sterne wie Gold funkeln. Ich wusste, dass Schnappi den Schmerz und die Schuldgefühle, die mich quälten, in meinen Augen lesen konnte, und er verstand mich. Ich hielt Schnappi in meinen Armen, diesen reinen, unschuldigen, natürlichen Engel, um etwas Trost zu finden.

Als sich meine Augen an das Dämmerlicht gewöhnten, fragte ich meinen Schwarzen Engel: »Was ist los?«

»Nur Geduld. Das wirst du gleich sehen«, antwortete er mit ruhiger Gewissheit.

In der tiefsten Nacht hörte ich eine Art himmlischer Musik. Zuerst war sie kaum wahrnehmbar, doch sie wurde lauter und lauter. Und dann verwandelten sich diese süßen Klänge, so rein und glockenhell wie die zarten Stimmen von Kindern, diese Melodie, so einzigartig und überirdisch. Diese Musik verwandelte sich nach und nach in Worte, die man nicht schreiben oder lesen, sondern nur spüren konnte. Plötzlich fühlte ich mich wie das Kind, das ich einst war, und endlich verstand ich: Es war die Sprache der Wahrheit.

»Keine Angst!«, sagte Schnappi sanft. »Es ist alles in Ordnung. Das sind meine Freunde.«

Dann wehte ein heftiger Wind herab, der immer stärker wurde und zu einer lauten Stimme wurde. Auch er war die Sprache der

Wahrheit, doch anders als die Stimme der Sterne, die männlich und väterlich war, hatte er einen mütterlichen Klang. Selbst die Bäume vor dem Haus schienen aufmerksam zu lauschen.

Plötzlich gewann ich eine Erkenntnis: Die Sprache der Wahrheit hatte mir alle Sorgen, die meine Sinne belasteten, all die schweren Gedanken, die mich bedrückten, genommen. Ich war in vollkommenem Frieden mit mir und eins mit dem Universum, das mich umgab. Ich war nur wieder ein Lebewesen, ohne die Last des arroganten Menschseins.

Demütig schaute mich Schnappi an und sagte zu mir: »Ich weiß, dass ich nicht das Recht habe, dir zu sagen, was du tun sollst. Doch vor einiger Zeit habe ich einen lieben Menschen kennengelernt. Er nimmt sich nur so viel, wie er zum Überleben braucht, und ist dankbar dafür, am Leben zu sein. Dieser Mensch kommt von weit her, und wenn ich ihn um Futter, Wasser und Frischkäse gebeten habe, war er immer für mich da. Ich habe ihn beobachtet und nie gesehen, dass er ein Lebewesen verletzt hätte.«

Für einen kurzen Moment trat tiefes Schweigen ein. Es war, als hätte der Wind aufgehört zu wehen und die Sterne aufgehört zu leuchten. In dieser Stille spürte ich eine tiefe Verbundenheit mit allen lebendigen Wesen.

»Also, Schnappi, was möchtest du mir mitteilen?«, fragte ich mit einer Stimme, die von Hoffnung und Unsicherheit geprägt war.

»Ich wollte dich nur bitten, nicht zu vergessen, welche unglaubliche Macht die Vergebung hat. Ich habe früher auch so gedacht wie du, als ich klein war, aber ich habe auch davon geträumt, dass eines Tages ein Mensch zu mir kommen und mir zeigen würde, dass es noch nicht zu spät sei, dass der Mensch sich ändern könne. Und mein Traum wurde wahr. Du bist hier. Du hast mir erzählt, als ich noch ein kleiner Welpe war, dass du im Einklang leben möchtest. Ich bitte dich also um Vergebung für dich selbst, um eine zweite Chance für dich, damit du die Dinge wieder zurechtrücken kannst. Ich bitte dich, die Hoffnung nicht aufzugeben.«

Kein einziges Geräusch war mehr auf meinem Balkon zu hören, als wäre die Zeit einen Augenblick lang stehen geblieben …

Dann sagte ich zu Schnappi: »Du bist nicht nur ein wunderbarer Freund, sondern auch ein weiser Lehrer! Vergebung. Hoffnung. Du reichst mir deine Pfote und sagst mir, dass ich weiterleben soll. Sei gesegnet, kleiner Freund. Wenn du nicht bereit wärest, zu lieben und zu vergeben, wärst du so grausam zu mir, und das möchte ich nicht erleben. Ich fühlte mich hilflos und unbedeutend in meinem Leben. So viele Emotionen tobten in meinem Herzen, und so viele Tränen vergoss meine Seele. Ich verstehe nun. Ich bin hier auf diesem Planeten, ohne den genauen Grund zu kennen, aber du bist jetzt bei mir, Schnappi.«

Schnappi stand auf, berührte mich mit seiner warmen, weichen Nase und verzog sich zu seinem Körbchen. »Keine Sorge, du bist jetzt in Sicherheit, deine Wunden sind verheilt«, sagte Schnappi, während seine Augen voller Mitgefühl in meine blickten.

Kommt mit euren Stärken und Schwächen zurecht, macht aus eurem Leben eine Ode an die Freude! Doch denkt immer daran: Um rundum glücklich zu sein, braucht es manchmal Mut. Macht aus eurem Leben nicht nur einen Gesang, sondern ein melodiöses Gebet, das eure Seele erfüllt. Sucht das Licht, das aus eurem Inneren strahlt.

Zählt nicht eure Missgeschicke, sondern eure Segnungen. Darüber hinaus haben diejenigen, die nicht leiden, die Pflicht, jenen zu helfen, die durch ihre persönliche Hölle gehen. Wir sind gezwungen, ihnen zu vermitteln, was wir bereits gelernt haben: Haltet durch, solange es euch nicht gut geht, denn früher oder später wird das Leid ein Ende haben. Wie kann man leuchten, wenn man nicht die Dunkelheit überstrahlt?

Wir stärken unsere Seele mit viel Arbeit und Mühen, und eines Tages wird uns klar, dass Trauer nur dünne Luft ist. Niemand sollte wegen bereits begangener Fehler oder erfahrenen Pechs traurig sein. Sich selbst zu vergeben, ist unabdingbar, wenn man in Frieden mit sich und der Welt leben will.

In letzter Zeit hatte ich bemerkt, dass sich in mir etwas zu verändern begann. Das erste Mal, als ich das spürte, spazierte ich mit Schnappi durch den Park oder das, was aus ihm übrig geblieben ist. Den ganzen Morgen hatte ich darüber nachgedacht, dass meine Firmengründung vielleicht einen besonderen Zweck hatte und nicht alles nur darauf ausgerichtet war, Geld zu verdienen. Wenn ich nur herausfinden könnte, wie alles zusammenhing und welche Perspektive dahintersteckte, dann hätte ich vielleicht eine klarere Vorstellung davon, wonach ich suchte.

Ich nahm Schnappi mit und setzte mich auf eine Bank. Der Morgen war einfach zauberhaft, das Gras erstreckte sich wie ein aufblühendes Meer, das die Strahlen eines schwarzen Labradors widerspiegelte. Der Wind schien einen Atemzug lang innezuhalten, und ich dachte: »Welch eine Stille!« Es war die Ruhe des Morgens, die mich in ihrer Klarheit umfing. Früh aufzustehen, den frisch gebrühten Kaffee zu genießen und dann mit Schnappi durch die Welt zu schlendern, war für mich das größte Geschenk. ›Jeder Augenblick, den ich mit dir verbringe, ist ein Geschenk, mein kleiner Schwarzer Engel.‹

Seine Augen spiegelten eine tiefe Mischung aus Verständnis und Traurigkeit wider, als ob er mehr wüsste als ich.

»Mein lieber Schnappi, die Fragen an den Wind: Ich habe sie gehört, und habe sie einst selbst ständig gestellt. Bis zu dem Tag, als ich es leid wurde, mir immer wieder dieselbe negative Botschaft vorzusagen. Das half niemandem und zerstörte mich selbst. Ich fiel in eine tiefe Depression. Um all diese Fragen zu beantworten, braucht es ein Wissen über die Welt, das mir noch immer verborgen ist. Aber versteh, dass die Tatsache, dass wir sie nicht verstehen, nicht bedeutet, dass es keinen Grund für ihr Geschehen gäbe.«

Schnappi richtete seinen Blick zum Horizont und auf die aufgehende Sonne.

»Pierre, es war nicht das Geld, sondern das Glück, das du durch harte Arbeit erreicht hast. Jetzt, da du dich erinnerst, kannst du auf dem Weg zur Selbstverwirklichung nur das nutzen und bewahren, was dich leitet. Wer weiß, vielleicht wirst du anderen dabei helfen können, es zu verstehen. So, wie ich nur meinen Stock brauche, um glücklich zu sein. Ganz gleich, was du als dein Glück entdeckst, wirst du mit der Zeit erfahren, dass das wahre Glück darin liegt, anderen zu helfen. Wenn du auf dein Herz hörst und ein erfülltes Leben führst, sei dir gewiss: Die einzigen Mauern, die existieren, sind diejenigen, die du selbst errichtest. Lass diese Mauern aus Liebe und Mitgefühl einstürzen, und du wirst die wahre Größe deines Herzens entdecken.«

Kapitel 4

Schicksal ohne Stern, Überleben als Pionier

Zu den schönsten Dingen im Leben gehört für mich, nach einem zauberhaften abendlichen Spaziergang mit Schnappi mich auf meinem Balkon niederzulassen und dem Schauspiel zuzusehen, wie die Sonne, in einem letzten goldenen Kuss, hinter dem Horizont verschwindet. In diesem Augenblick, in dem die Welt stillzustehen scheint, werde ich stummer Zeuge der Geburt einer neuen Nacht, die sich leise, wie ein zartes Geheimnis, über die Erde legt. Wenn die letzten warmen Strahlen der Sonne sich sanft in die Dunkelheit wiegen, betrachten wir ehrfürchtig den Himmel, der sich mit unzähligen funkelnden Sternen schmückt, als ob der Kosmos selbst seinen Atem hält. Es ist, als würde etwas Reines und Magisches in die Welt treten, ein Hauch des Unendlichen, der uns für einen Moment in die unermessliche Tiefe des Universums entführt.

Inmitten unserer Welt der Technik und des Wissens haben wir gelernt, inspiriert von den Gedanken Stephen Hawkings, dass diese strahlenden Lichter der Nacht nicht nur ferne Glanzpunkte sind – sie sind das Flüstern einer unendlichen Raum-Zeit, die keine Grenzen kennt. Sie sind der Atem des Universums, das in seiner unermesslichen Weite ohne Anfang und Ende existiert. Eine Weite, die der Urknall entfachte, das große Geheimnis, das in jedem Funken des Himmels schimmert und in uns das Gefühl einer unaufhörlichen Verbindung weckt. Die Nacht, in ihrem ewigen Tanz aus Licht und Dunkelheit, spricht mit uns von der unendlichen Tiefe des Seins – und wir lauschen, als ob wir selbst Teil dieses unendlichen Spiels aus Raum und Zeit wären. Ich blickte in den Himmel, suchte nach Sinn im flüsternden Licht der Sterne und fragte leise: »Und was bleibt uns zu glauben?«

Schnappi sah mich mit einem Blick an, der tief durch die Dunkelheit drang, und sagte: »Dass wir aus Licht gemacht sind – und dorthin zurückkehren.«

Ich brühte mir frischen Kaffee auf, während Schnappi es sich auf meinem Plätzchen gemütlich machte. In dieser Nacht erstrahlte der Vollmond am Himmel.

»Welch ein zauberhafter Mond!«, rief ich aus. »Schau nur, wie golden er leuchtet. Als ob er das Feuer der Liebe selbst eingefangen hätte.«

»Heute wirkt er besonders verführerisch«, erwiderte Schnappi.

»Er wartet darauf, die Sonne zu treffen und ihr seine Liebe zu zeigen.«

»Rutsch mal bitte, Schnappi. Wie meinst du das?« Schnappi schielte mich an. Dieser Blick! Eine Kreuzung aus Zen-Meister, beleidigtem Opernsänger und einem französischen Kellner, der empört ist, weil du dein Croissant wie eine Brezel isst.

Bevor er antworten konnte – zack! – rutschte ich. Nicht einfach so. Nein. Ich entglitt, rückwärts, mit einer Eleganz, wie sie sonst nur betrunkene Flamingos beim Limbo zeigen.

Und landete direkt in einer Erinnerung, die mir bis heute zärtliche Hexenschüsse beschert.

Ich war zurück. Auf meiner sündhaft teuren Matratze.

NASA-Technologie. Memory-Foam. Selbstregulierende Temperaturzonen. Wahrscheinlich konnte das Ding auch Lasagne backen und Gedichte rezitieren. Sie versprach: »Der perfekte Schlaf – wie im Schoß der Sterne.« Was sie nicht sagte: »Es sei denn, du teilst sie mit einem vierbeinigen Tyrannen, der nachts Besitzrechte anmeldet wie Dschinghis Khan auf Speed.«

Denn dann kam er. Schnappi. Der haarige Horizontzerstörer.

38 Kilo komprimierter Kosmos. Das Schwarze Loch mit Herz. Der Flauschpharao. Der Napoleon des Nickerchens.

Er kam nicht einfach. Er schlich. Wie ein Ninja in Plüschpantoffeln. Wie ein Räucherstäbchen mit Pfoten.

Und dann – Sprung. BOOM. Mit der Wucht eines liebevollen Presslufthammers landete er auf dem Bett. Was folgte, war keine Bewegung. Es war ein Ritual. Ein wirbelnder Wahnsinn aus Drehungen, Pfotensprüngen, rituellem Kratzeln, dem Urschrei der Bettsiegermacht, dem Wühlen eines archäologischen Ausgrabungsteams und einem finalen Schnauzendreher, der kurz das Raum-Zeit-Kontinuum aussetzte. Die Matratze gab Geräusche von sich, die man sonst nur aus dem Inneren alter Schiffsrümpfe kennt. Mein Rücken meldete sich per Einschreiben bei der Gewerkschaft. Und dann – Stille. Schnappi hatte seine Position eingenommen: quer. Unverhandelbar diagonal. Wie ein pelziger Riegel vor dem Komfort. Sein Kopf ruhte auf meinem Lieblingskissen. Sein Po auf meinem letzten Rest Würde.

Ich, der Mensch, lag da wie ein lieblos gefaltetes Origami aus Angst, Liebe und Bandscheibenvorfall. Eingeklemmt wie ein Tiefkühlfisch im Alufolienmantel der Verzweiflung. Meine einzige Hoffnung: »Vielleicht schläft er ja gleich.« Doch wehe – WEHE! – ich bewegte mich. Schon hob er den Kopf. Langsam. Mit dem tiefen Seufzer eines Shakespeare-Darstellers, der zum achten Mal an diesem Abend »To be or not to be« ins Publikum rüberbringen sollte. Und schaute mich an, als hätte ich ihm sein Netflix-Passwort geklaut.

»Rutsch mal bitte«, hauchte ich.

Was tat er? Er zog, die ganze Bettdecke. Mit der Präzision eines Chirurgen und der Gier eines Burrito-Liebhabers. Dann rollte er sich ein, murmelte ein beleidigtes »Hmpf« und sah aus wie eine Croissant-Version von Julius Caesar.

Ich dagegen saß da, in meiner Unterhose, mit einem einsamen

Lakenfetzen auf dem Schienbein, zitternd wie ein Chihuahua in der Arktis.

Am nächsten Morgen. Ich hing zur Hälfte aus dem Bett, der linke Fuß suchte festen Boden, der rechte war inzwischen religiös geworden.

Schnappi aber – gestreckt wie ein Ballettmeister auf Valium – lag in voller Glorie auf meinem Kissen. Mit einem Blick, der sagte: »Ich habe das Bett genommen. Für Labradoria. Für die Flauschigkeit. Für das Reich der träumenden Kuschelwesen.«

Ich lachte. Ich lachte so sehr, dass mein Zwerchfell die weiße Fahne hisste. Ich weinte. Vor Liebe. Vor Schmerz. Ich lachte wieder. Und wieder.

Ich lachte leise bei der Erinnerung. »Rutsch mal bitte.« Schnappi lag jetzt da. Ruhig. Drehte sich einmal im Kreis wie ein göttlicher Donut. Dann streckte er sich, ein Pfotenpoet in Pose, neigte den Kopf – und sagte fast feierlich:

»Kennst du die Geschichte von Sonne und Mond?«

»Wenn ich mich recht erinnere, nicht wirklich.« Antworte ich.

Schnappi schaute dann zum Vollmond hinauf.

»Als ich klein war, erzählte mir meine Mama die Geschichte von der Erschaffung von Sonne und Mond. Eine Geschichte von wahrer und ewiger Liebe.«

»Kannst du mir die Geschichte von Sonne und Mond erzählen, die du kennst?«, fragte ich neugierig.

Ein Lächeln legte sich auf Schnappis Gesicht. »Ich wusste, du würdest mich das fragen. Hier draußen auf dem Balkon, unter den funkelnden Sternen und dem Mond, fühlt es sich an, als wäre alles möglich. Abseits der Gesellschaft öffnet sich unsere Seele für die wahren Wunder der Welt, und vieles von dem, was zu sein scheint, verblasst. Bist du bereit, die wahre Geschichte von Sonne und Mond und ihrer Erschaffung zu hören?«

»Ja«, flüsterte ich, schon neugierig geworden.

»Gut«, hauchte Schnappi ganz gefühlvoll. »Dann schließ die Augen und lausche.«

Schnappi, legte sanft seine warme Schnauze zärtlich auf meine Brust, atmete tief durch und begann: »Vor vielen Tausend Jahren, noch bevor die Erde Gestalt annahm, war die Sonne das Einzige, was existierte. Vor ihr gab es nichts, zumindest nicht in diesem Teil des grenzenlosen Universums. Die Sonne fühlte sich mächtig und weise, doch gleichzeitig spürte sie, dass sie für immer allein sein würde. Anfangs kümmerte sie das wenig, doch zum ersten Mal seit dem Anbeginn aller Zeiten empfand die Sonne eine schmerzhafte Einsamkeit, die sie zuvor nie gekannt hatte. Zwar versuchte sie zunächst, dieses Gefühl zu überwinden, doch je mehr sie dagegen ankämpfte, desto intensiver wurde es.

Eines Nachts flog ein Komet dicht an der Sonne vorbei. Als er näherkam, begrüßte er die Sonne.

›Hallo, Sonne‹, flüsterte der Komet.

›Wer bist du?‹

›Ich bin ein Komet.‹

›Ein Komet?‹, fragte die Sonne.

›Ja. Ich reise durch das endlose All und bewundere mit Ehrfurcht die Wunder, die überall im Kosmos verstreut sind.‹ Der Komet lächelte.

›Fühlst du dich einsam?‹, flüsterte er einfühlsam.

Die Sonne sah den Kometen an. ›Wie meinst du das?‹

›Du weißt genau, was ich meine‹, erwiderte er.

›Ich brauche nichts! Nicht einmal dich!‹, flüsterte die Sonne. ›Ich habe alles, was ich brauche.«

›Natürlich, Sonne‹, antwortete der Komet leise.

›Tja, dann werde ich dich nicht weiter stören und meine Reise fortsetzen. Es war schön, dich kennenzulernen. Ich hoffe, wir sehen uns wieder, wenn ich in ein paar Millionen Jahren erneut vorbeiziehe. Bis dann.‹

›Bis dann‹, flüsterte die Sonne. Aber plötzlich wurde ihr klar, was das bedeutete: wieder ein paar Millionen Jahre allein! Würde sie die Einsamkeit nochmals so lange ertragen?

Der Komet hielt den Atem an. ›Was ist denn, Sonne?‹, flüsterte er leise.

›Ich weiß nicht, warum, aber es wäre unerträglich, noch einmal so lange allein zu sein. Was kann ich dagegen tun?‹

›Du fühlst dich einsam?‹, flüsterte der Komet liebevoll.

›Na ja, schon.‹ Die Sonne schwieg. Sie dachte nach. ›Was hat meine Kraft für einen Sinn, wenn ich sie nicht mit anderen teilen kann?«, flüsterte die Sonne leise, ihre Worte von einem Hauch der Einsamkeit getragen, als würden sie sich durch den unendlichen Raum sehnen.

Der Komet lächelte zärtlich. ›Genau‹, sprach er, das Wort wie eine sanfte Streicheleinheit für die Seele der Sonne ausatmend.

›Aber wie mache ich das?‹, fragte die Sonne.

›Was genau?‹, erklang die sanfte Antwort.

›Nicht einsam sein.‹

›Das wirst du schon wissen, wenn du so weit bist‹, sagte der Komet leise, als würde er das Geheimnis der Liebe im Universum hüten. › Jetzt ist es Zeit für mich zu ziehen ... Und er schoss davon, sein Lichtstreifen hinterließ einen Moment der Stille, in dem die Sonne ihre Gedanken sortierte.

Viele Tausend Jahre lang dachte die Sonne über die Worte des Kometen nach. Ihr Licht schien in diesem Moment des Nachdenkens intensiver, als würden die Sterne selbst ihre Neugier teilen. Eifrig konzentrierte sie sich auf die Frage, wie sie die Einsamkeit überwinden könnte, doch die Antwort entzog sich ihr, versteckt in den Weiten des Universums.

Doch eines Tages, als das Licht der Sonne golden schimmerte und die Stille des Raumes durchdrang, erkannte sie plötzlich, welche Kraft in ihrem Glanz ruhte. Sie begann sich zu drehen, schneller und immer schneller, bis sie kaum noch zu sehen war. Die Farbe der Sonne veränderte sich, und sie dehnte sich weiter und weiter aus. In einem überwältigenden Moment der Hingabe erleuchtete eine gewaltige Explosion den Kosmos, und kleine Stücke lösten sich von der Sonne. Sie schwebten davon und ordneten sich in unterschiedlichen Abständen zu ihr an, gleichsam in einem liebevollen Tanz im Universum.

Doch nachdem die Sonne erstmals einen Teil ihrer Energie freigesetzt hatte, überkam sie eine unendliche Müdigkeit. Die Anstrengung war so überwältigend, dass sie für Jahrtausende in einen tiefen Schlaf versank. In ihrem Schlaf bemerkte die Sonne nicht, dass aus der Einsamkeit, die sie zu diesem drastischen Schritt getrieben hatte, ein Wunder entsprang. Die kleinen Stücke, einst Teil der Sonne, kühlten ab und umgaben sie nun als Planeten, wie eine schützende Umarmung.

Als die Sonne schließlich erwachte und ihre Augen öffnete, staunte sie über die Planeten, die sie umkreisten. Sie selbst besaßen kein Licht; sie benötigten das Licht der Sonne. Zum ersten Mal in ihrem Dasein fühlte sich die Sonne nützlich. Sie erkannte ihre Verantwortung für die kleinen Himmelskörper, die sie umkreisten, und fühlte zum ersten Mal, nicht mehr allein zu sein. Doch trotzdem blieb eine Sehnsucht nach Verbundenheit in ihr wie ein leises Lied, das im Herzen erklang.

Eines Tages kehrte der Komet zurück, den die Sonne vor langer Zeit gesehen hatte. Der Komet erblickte die Sonne und grüßte sie.

›Hallo, Sonne.‹

›Hallo, Komet.‹

›Nun bist du gewiss voller Glück, umgeben von all diesen Planeten!

›Eigentlich nicht‹, sagte die Sonne, ihre Stimme von einem sanften Schmerz durchzogen.

›Warum denn nicht?‹, fragte der Komet.

›Ich fühle mich immer noch sehr einsam. Ich kann mich nicht mit den Planeten verständigen.‹

›Ich werde sehen, was ich tun kann‹, sagte der Komet und strebte auf den Blauen Planeten zu, den er entdeckt hatte, während er auf die Sonne zugeschossen war. In diesem Moment schien die ganze Unendlichkeit des Raumes erfüllt von der Sehnsucht einer Sonne, die sich nach Liebe und Verbindung sehnte. Wenn es sie so unendlich viel Mühe gekostet hatte, sich mit anderen Himmelskörpern zu umgeben, warum hatte sie dann nicht das Gefühl, echte Gesellschaft zu haben? Diese Frage stellte sich der Komet.

Doch in diesen unermesslich langen Millionen von Jahren hatte der neue Blaue Planet sich mit einer Vielzahl von wunderbaren Wesen gefüllt: Er leuchtete in einem strahlenden Blau und schien von einer einzigartigen Pracht zu sein. Sein Licht war anders, seine Oberfläche schien wie mit weißer Watte und schimmernden Bildern überzogen, selbst in den dunkelsten Regionen. Grüne Wiesen erstreckten sich über seine Oberfläche, und kristallklare Flüsse schlängelten sich durch saftige Täler. Der Komet flog unglaublich nah an der Erde vorbei und betrachtete mit tiefer Ehrfurcht all die wunderbaren Lebensformen, die die Sonne im Tausch gegen ihre endlose Existenz geschaffen hatte. Er empfand eine immense Freude für die vielfältigen Geschöpfe der Erde, doch die Sonne berührte sein Herz zutiefst.

In einer Nacht versammelte er daher alle Erdbewohnern und sprach zu ihnen: ›Ihr außergewöhnlichen Wesen! Ihr seid mit dem Geschenk des Lebens gesegnet, denn die Sonne hat auf die Ewigkeit verzichtet, um euch zu erschaffen und euch all die Wunder zu schenken, die es bereithält. Aber die Sonne ist zutiefst traurig, und ich fürchte, dass ihre strahlende Helligkeit durch diese Traurigkeit schwinden wird. Wenn die Sonne ihre Leuchtkraft verliert, werdet ihr alle vergehen, denn sie ist es, die euch am Leben hält.‹

›Was können wir tun?‹, baten die Geschöpfe der Erde.

›Wir könnten der Sonne ein Geschenk machen‹, sagte der Komet. ›Ich gebe euch ein bisschen Zeit, um euch auf einer Seite der Erde zu versammeln. Tut dies, und auch wenn dabei einige von euch sterben werden, werden wir der Sonne einen Grund geben, wieder zu erstrahlen, und alle Arten werden überleben.‹

Ein winzig kleiner Wimperschlag in Unendlichkeit verging, und sämtliche Geschöpfe der Erde folgten dem Rat des Kometen. Als das bisschen Zeit um war, kehrte der Komet zurück und begann, das Geschenk für die Sonne zu schaffen. Er änderte seine Flugbahn, steuerte direkt auf die Erde zu und schlug mit all seiner Kraft in den Erdboden ein. Die Erde bebte wie nie zuvor, und ihre Bewohner waren voller Schrecken, dachten sie doch, ihr Ende sei gekommen. Doch als der Komet einschlug, verschmolz er mit der Erde. Als er schließlich zurückprallte, riss er einen Teil von ihr mit sich. Er entfernte sich ein Stück weit und blieb plötzlich stehen.

Dann begann er, die merkwürdige blaue Erde mit dem Wunder des Lebens darauf zu umkreisen. ›Ich bin der Mond. Und dank dir, Sonne, leuchte ich nun in deinem Licht.‹

Die Sonne schwieg. Wie hätte sie dem Mond sagen können, dass sie ihr ewiges Feuer verschenkt hatte – nur um nicht länger in der Stille zu brennen?

›Sonne?‹

›Ja, Mond?‹

›Wenn eine Kerze ihr Licht teilt, wird ihr eigenes nicht kleiner – nur die Dunkelheit.‹

Die Sonne hielt inne. Noch nie hatte jemand in so sanften, ehrlichen Worten zu ihr gesprochen – Worte, die wie warmer Tau auf ihr brennendes Herz fielen.

Zum allerersten Mal spürte sie, was es heißt, gesehen zu werden. Nicht für ihr Leuchten, nicht für ihre Kraft – sondern für ihr Sein.

Der Mond, still und aufmerksam wie immer, bemerkte die leise

Veränderung in ihrer Strahlung. Eine neue Wärme durchströmte sie, zarter als je zuvor. Und er wusste: Es war seine Liebe, die sie berührte. Leise. Wahrhaftig. Für immer.

›Mond, ich hatte so unermessliche Angst, für immer allein zu sein‹, hauchte die Sonne.

›Doch jetzt, durch dich, spüre ich, dass die Einsamkeit mich nie mehr quälen wird.‹ Ein Glücksgefühl erfüllte sie. Die Sonne näherte sich dem Mond, zögerlich und voller Sehnsucht.

›Nein!‹, rief der Mond, seine Stimme war von einer leisen Angst durchzogen. ›Tu das nicht!‹

›Warum?‹ flüsterte die Sonne, ihre Worte waren sanft wie ein zarter Wind. ›Ist es falsch, wenn ich den Wunsch habe, dich zu berühren?‹

Der Mond senkte den Blick, als ob er sich in seinen eigenen Gedanken verlöre.

›Du kannst es vielleicht nicht verstehen‹, antwortete er leise, ›aber deine Nähe ist so erdrückend, dass ich in deiner Wärme zerfallen würde, wenn du mir zu nah kämest.‹

Die Sonne verharrte, und ihre Strahlen flossen ruhig, als würden sie seine Worte in sich aufnehmen. Sie wusste, dass ihre Liebe sowohl eine Erhebung als auch eine Last war – für beide. ›Und darüber hinaus würdest du all die wunderbaren Planeten zerstören, die dich umringen und dir Gesellschaft leisten. Schau besonders auf den Planeten, den ich umkreise. Ist dir an ihm noch nichts Einzigartiges aufgefallen?‹

Die Sonne starrte auf den Planeten. Er strahlte in einem leuchtenden Blau. ›Warum hat er diese Farbe?‹, fragte die Sonne.

›Liebste Sonne, du hast so großzügig von dir gegeben, um uns zu erschaffen, dass auf diesem einen Planeten alle Bedingungen für das größte aller Wunder zusammenkamen: das Wunder des Lebens.‹

›Heißt das …, ich werde dich niemals berühren dürfen?‹, flüsterte die Sonne kaum hörbar.

Der Mond schloss für einen Moment die Augen, als würde er den Schmerz fühlen, den Worte nicht ausdrücken können.

›Meine geliebte Sonne …, wie gern würde ich dir sagen, dass Nähe möglich ist. Dass die Sehnsucht irgendwann nachlässt, dass der Abstand zwischen uns mit der Zeit leichter zu ertragen wird. Aber das wäre eine Lüge. Dieser Schmerz – unser Schmerz – wird bleiben. Weil er echt ist. Und weil nur echte Liebe so weh tun kann – und dabei doch so wunderschön ist.«

»Liebe …?«, hauchte die Sonne, als würde allein das Wort sie verbrennen.

Der Mond sah sie an, als gäbe es nichts anderes im Universum. »Ich liebe dich, Sonne. So sehr, dass, wenn ich dich nicht sehen kann, ich die Augen schließe – nur um dich in meinen Träumen zu finden. Und wenn ich dann wiederauftauche, gebadet in deinem Licht, fühlt sich jeder Strahl von dir an wie ein Kuss – sanft, sehnsüchtig … und ewig.‹

Ein Schaudern überlief die Sonne, und sie erkannte, dass dieses neue Gefühl, das sie empfand, ihr einen Augenblick wahrer Erleuchtung schenken würde, Momente voller Freude und auch des Leids.

›Sonne?‹

›Ja, Mond?‹

›Kannst du ein Geheimnis bewahren?‹

›Ja.‹

Der Mond blickte die Sonne erneut voller Liebe an. ›Ich trage nun den Namen Mond‹, atmete er aus. »Aber eigentlich bin ich der Komet, der dich vor vielen Jahren gebeten hat, Planeten zu erschaffen, damit du nicht länger so einsam bist. Als ich sah, dass du auf die Ewigkeit verzichtet hast, um nie mehr allein zu sein, verliebte ich mich in dich. Und ich schwor mir, dass ich beim nächsten Vorbeiflug in deiner Nähe bleiben würde, damit wir den Rest unserer Tage zusammen sein könnten. Und erinnerst du dich noch an etwas, Sonne?‹

›Woran?‹

›Ich habe die Ewigkeit hinter mir gelassen, nur um in deiner Nähe zu sein. Und selbst wenn mich dieses Feuer verzehrt – nicht einen Augenblick werde ich bereuen.‹

Die Worte des Mondes erreichten die Sonne wie ein sanfter Hauch, und plötzlich vergoss sie Tropfen ihrer Glut, als wären es Tränen der tiefsten Dankbarkeit.

›Danke, Mond. Ich werde dich immer lieben, genauso sehr, wie du mich.‹

Der Mond, von Traurigkeit gezeichnet, lächelte leise. ›Wir werden nur selten beieinander sein können‹, sagte er mit leiser Stimme. ›Auch wenn deine Wärme mich am Leben hält, zieht es mich zur Erde zurück, damit ich den Sinn von Leben und Liebe nicht verliere. Ich werde auf die wunderbare Welt blicken, die du geschaffen hast, und dir immer davon erzählen.‹

Die Sonne war glücklich, aber auch ein bisschen traurig. ›Ich werde stets da sein, Mond, und auf dich warten.‹«

»Das ist eine wundervolle Geschichte«, flüsterte ich. »Aber ich verstehe eines nicht. Du sagst, Sonne und Mond seien ein Liebespaar, aber sie würden nie zusammen sein können. Wie kann das sein?«

»Weißt du, was morgen für ein Tag ist?«, fragte Schnappi.

»Nein«, antwortete ich.

»Es ist ein Tag, der dir deine Frage beantworten wird.«

Am nächsten Tag, unter den warmen Sonnenstrahlen des Junis, meisterten wir unseren Alltag mit Bravour. Doch die Frage aus der Nacht ließ mich nicht los. Schnappi sah mich an und schien sanft zu sagen: »Es ist Zeit.«

»Zeit wofür? Wir waren schon draußen«, fragte ich.

»Zeit, deine Frage zu beantworten.«

»Sieh hinauf zum Himmel«, forderte Schnappi mich auf.

Der Mond begann, sich langsam über die Sonne zu schieben. Ein paar Minuten lang bewegte er sich behutsam weiter, bis er sie ganz bedeckte. Der Tag wurde zur Nacht, und man sah nur noch den strahlenden Umriss der Sonne, der den Mond mit einem sanften Funkeln umgab. Beide standen gleich groß. Ein Himmelserlebnis von unvergleichlicher Schönheit, als ob die Liebe selbst den Himmel berühren würde.

Schnappi lächelte. »Die Sonne und der Mond haben sich in einer zarten Umarmung gefunden. Diese stille Berührung wird reichen, um ihre Liebe weiterwachsen zu lassen – bis der Tag kommt, an dem sie wieder eins sind. Jetzt, in diesem Augenblick, lieben sie sich, leise und unendlich, im ewigen Tanz von Licht und Schatten.«, fuhr Schnappi fort.

Wir saßen auf meinem Balkon, ich trank frisch gebrühten Kaffee, Schnappi machte es sich gemütlich, und ich dachte: »Während der Sonnenfinsternisse können die Sonne und der Mond zusammen sein. Ich werde niemals wissen, welche Liebesworte sie einander zuflüstern. Aber ich sollte nie vergessen, dass es während der Dauer eines Hundelebens nur wenige solcher Momente gibt, und sie sind wahrhaftig einzigartig. Diese magischen Augenblicke sollten wir immer achten.«

»Jetzt lieben sie sich«, flüsterte ich und drückte den inzwischen nicht mehr so kleinen Schwarzen Engel ganz fest. In diesem Moment schien die Welt stillzustehen, und die Liebe zwischen Sonne und Mond durchdrang unsere Herzen.

Kapitel 5

»Lebe deine Träume!«

»Darf ich dir etwas mitteilen, mein lieber Schnappi?«, fragte ich mit einem Lächeln in der Stimme.

»Natürlich«, antwortete er freundlich.

»Wie schön! Ich finde, es ist an der Zeit, dir, mein lieber Schnappi, von ganzem Herzen dankzusagen für all die wundervollen Momente, die du mir geschenkt hast: magische Augenblicke, tiefgründige Erlebnisse, die Liebe meines Lebens und die Gnade, den Zauber der Natur durch deine Augen zu erleben. Vor allem bin ich zutiefst dankbar, dass du mich zu einem Träumer gemacht hast, der die Welt mit einem offenen Herzen betrachtet und die verborgenen Schönheiten entdeckt, die anderen Menschen oft entgehen, weil sie nicht bereit sind, ihre Augen und ihre Seele zu öffnen. Du, mein lieber Schnappi, hast mein Leben mit Liebe, Weisheit und unendlichem Glück erfüllt. Jeder Tag mit dir ist ein Geschenk, das ich in meinem Herzen trage.

Ich weiß, dass wir Großes bewirken können, wenn wir uns bemühen, die Liebe zu begreifen und ihre Gesetze zu respektieren. Gemeinsam können wir etwas verändern, wenn wir nur einen Moment innehalten in unserem hektischen Leben und darüber nachdenken, was wirklich wichtig ist – für uns Menschen und für unsere Welt. In diesem Nachdenken werden wir unsere Fehler erkennen und verstehen, was zu tun ist, so, wie es bereits viele tun.

Derzeit befinde ich mich auf einer Reise auf einem Schiff durch Europa, und ich verspreche dir, mein lieber Schnappi, dass ich unsere Versprechen halten werde. Ich werde für all jene kämpfen, die sich selbst nicht wehren können, für all die, die wir vielleicht nicht persönlich kennen, die jedoch genauso leiden.

Wenn wir unsere einzigartige Welt respektieren, retten wir nicht nur uns selbst, sondern auch die anderen. Die Schönheit und die wundervollen Dinge, die du in meinem Herzen erschaffen hast – dank dir, mein lieber Schnappi –, sind ein denkwürdiges Zusammentreffen von Ereignissen. Sie erinnern mich daran, dass die Zeit unaufhaltsam vergeht und dass, wenn wir unsere Sicht auf die Dinge nicht ändern, es bald zu spät sein könnte, um den Schaden zu reparieren, den wir bereits angerichtet haben. Lass uns gemeinsam handeln, bevor es zu spät ist.

In der Nacht, als der Ozean durch dich zu mir sprach, waren die Worte kristallklar und tiefgreifend: ›Diese Liebe wird ohne uns weiterleben, doch ohne sie können wir nicht existieren.‹

Das Leben offenbart oft seine atemberaubende Schönheit, gerade dann, wenn wir es am wenigsten erwarten. Verborgen, jedoch zum Greifen nah, gibt es etwas, was die Traurigkeit vertreibt und uns für immer verändert. Du hattest so recht, mein geliebter Schnappi! Nun begreife ich, warum ich, seit ich in meiner Oase mit einem Fenster zur Sonne lebe, nachts immer wieder diese Worte höre: ›Nun, mein geliebter Pierre, sind wir endlich bereit, die tiefste und wundervollste Reise unseres Lebens zu beginnen. Du wirst, wenn du es wünschst, an der Seite eines wahren Träumers gehen – eines bescheidenen, sehnsüchtigen Menschen, der sich vor langer Zeit entschied, den ohrenbetäubenden Lärm der Welt hinter sich zu lassen. Ein Erdenbewohner, der nie wieder auf die dröhnenden Forderungen der Gesellschaft hörte, sondern sich in der Stille seines Herzens verlor und ihm allein folgte, als ob jeder seiner Schritte eine liebevolle Umarmung des Lebens selbst wäre.‹

In dieser Nacht auf dem Schiff durchzuckte mich eine Erkenntnis, die ich zwar tief in meinem Herzen trug, jedoch niemals den Mut fand, sie auszusprechen:

›Lebe deine Träume!‹

Ein Gedanke, der mir eine gewisse Furcht einflößt, aber dem ich mich nicht länger entziehen kann. Es wäre ein unverzeihlicher Verlust für meine Seele, meine Träume zu vergessen. Immer wieder rufe ich mir ins Bewusstsein, mich vor der Gefahr zu warnen, die Träume aus den Augen zu verlieren. Schnappi, du wundervoller Engel, hast mir nicht nur gezeigt, mein Leben zu verändern, sondern in dieser besonderen Nacht mit deinem klaren Blick auch offenbart, dass unsere Träume und Ziele so grenzenlos sind, wie wir es wagen zu träumen — und dass das Lernen auf unserer Lebensreise niemals endet. Es war ein Herzschlagmoment, der mich tief berührt hat und der mich jetzt antreibt, meine Träume mit jeder Faser meines Herzens zu leben.

In diesem einsamen Stunden, umhüllt von der Dunkelheit, schreibe ich diese Zeilen, und ich blicke hinauf in den sternengesprenkelten Himmel und auf das unendliche Meer, während die Nacht eine Prüfung für meine Seele darstellt. Wenn wir in Unruhe sind, wird das nächtliche Ringen mit unseren Gedanken zur Qual. Doch heute, im Einklang mit mir selbst, ist es ein kostbares Geschenk, allein im Dunkeln zu sitzen und dem Flüstern meines Herzens zu lauschen. Dank dir, mein geliebter Schnappi, benötige ich nur zwei Dinge: die Macht der Vergebung und die Musik der Hoffnung. Du, der strahlende Stern meiner Existenz, wirst immer an meiner Seite sein. Deine Liebe schenkt mir die Kraft, den Herausforderungen mit einem Herzen voller Mitgefühl zu begegnen. Möge unsere Reise des Guten und der Liebe unvergesslich sein, so, wie du es in meinem Leben bist. In diesen Zeilen, die ich dir widme, schwingt die Melodie unserer gemeinsamen Träume, das Echo unserer tiefen Verbundenheit. Möge der Klang unserer Liebe die Dunkelheit durchbrechen und das Licht der Hoffnung entfachen. Die Zukunft mag ungewiss sein, aber mit dir an meiner Seite bin ich bereit, jeden Schritt zu wagen. Denn in deinen Augen finde ich nicht nur Liebe, sondern auch den Glauben an eine bessere Welt. Die Geschichte, die wir gemeinsam schreiben, wird nicht von Dunkelheit und Verlust geprägt sein, sondern von der strahlenden Schönheit der Liebe, die wir teilen. Möge diese Liebe uns leiten und unsere Herzen für immer miteinander verbinden. Du, mein wertvollster Schnappi, bist der Kompass meiner Seele, und ich glaube daran, unser gemeinsamer Weg wird leuchten, selbst in den dunkelsten Stunden.

In Liebe, Hoffnung und unendlicher Dankbarkeit
leben wir unseren Traum.«

Kapitel 6

Frei im Universum, solange nichts uns besitzt

Das Leben auf dieser Reise hat mich gelehrt, dass die kostbarsten und tiefgreifendsten Momente, die wir erleben, oft das Ergebnis einfacher Entscheidungen sind. Es erfordert lediglich den Mut, die Furcht vor dem Unbekannten zu überwinden. Erst dann öffnen sich Welten, die scheinbar unerreichbar sind und dennoch das Herz berühren, wenn man bereit ist, die Gelegenheit zu ergreifen.

»Irgendwann, irgendwo und auf irgendeine Weise wirst du niederschreiben, was du durchlebt hast, und es wird Menschen geben, die die gleichen Emotionen haben wie du«, flüsterte Schnappi mir zu, auch wenn er selbst zu Hause geblieben war. »Trau dich zu leben, selbst wenn das Leben manchmal wie die schwierigste Reise überhaupt erscheint. Es wird dich mit aller Härte treffen, aber überwinde deinen Schmerz und gehe weiter. Lass die Vergangenheit hinter dir, denn sie kann dir die Freude rauben. Bleib offen und neugierig, kümmere dich nicht um das Urteil anderer. Und höre niemals auf, anderen Menschen von dir zu schenken, selbst wenn du denkst, dass du nichts mehr zu geben hättest. Wage Risiken, setze alles aufs Spiel. Tue, was dir am meisten Freude bereitet. Ergreife die Gelegenheit, triff Entscheidungen. Beginne, deine einzigartige Geschichte zu erzählen.«

Meine Reise neigte sich dem Ende zu. Die Zeit vergab einem nicht, wenn man wundervolle Momente verpasste, und diese kostbaren Augenblicke der Erkenntnis verflogen schnell, manchmal zu schnell.

»Etwas zu verlassen, fühlt sich an wie ein bisschen zu sterben.«

»Du sagtest, mein lieber Pierre, etwas zu verlassen, fühle sich so an, als würde man ein bisschen sterben, und dass unsere Jugend die schönste Zeit in unserem Leben sei. Wir sollten uns an jedem Tag, in jedem Augenblick über unsere Kindheit freuen. Denn wenn wir erwachsen werden, wird das Leben kompliziert, und wir werden uns immer nach diesen wundervollen Jahren zurücksehnen.«

»Das glaube ich wirklich, Schnappi«, flüsterte ich. Keine Traurigkeit oder Melancholie umhüllen mich. Meine Erfahrungen haben mich gelehrt, dass jedes kleine Sterben auch eine Bestätigung des Lebens ist. Zum Glück fasziniert mich immer noch, welche wunderbaren Wege das Leben einschlagen kann.

»Pierre, ich weiß, dass du als fünfjähriger Pierre zum mir nach der Reise zurückkehren wirst. Ich warte geduldig auf dich, und bis dahin kann ich dem fünfjährigen Pierre mit einem Lächeln versichern, dass der ältere Pierre, dessen Lebensreise schon so lange andauert, noch immer zu träumen vermag. Die einzigen Male, die er am ganzen Körper trägt, sind die Narben, die er sich geholt hat, weil er entgegen allen Ratschlägen einen Umweg gemacht und verborgene Schätze entdeckt hat. Der ältere Pierre würde niemals jemanden aufhalten, der fliegen möchte. Du wirst dein Leben lang das Glück haben, weise Menschen zu treffen, die, ob sie nun jünger oder älter sind als du, immer noch daran glauben, dass alles möglich ist: dass man einen viereckigen Stift für ein rundes Loch schnitzen kann. Dass sogar das Herz eines Kindes in deinem Alter im Körper eines alten Mannes schlagen kann. Glaube mir, du wirst immer noch die viereckigen runden Löcher und die runden viereckigen Stifte sehen. Du wirst deinen Weg im Takt deines Herzens gehen, auch nachdem du erneut gestolpert bist. Nun, nachdem du die Welt mit offenem Herzen wiederentdeckt hast – da sie dir in neuem Licht erschienen ist und du erkannt hast, dass sie in dir beginnt – weißt du, dass es viele Wege gibt, die man im Leben einschlagen kann. Doch nur eines wird dich immer in den sicheren

Hafen führen: die Stimme deines Herzens, die Liebe – und mein Ruf. Ich spüre, dass du das Verständnis für das, was Stillstand bedeutet, tief in dir trägst, dieses allmähliche Sterben jeden Tag ein Stückchen mehr. Das Streben nach einem erfüllten Leben führt dich über abenteuerliche Pfade, Wege, von denen du dir nie hättest träumen lassen oder auch nur vorstellen können, die sich durch den endlosen Fluss des Lebens winden. Es wird Menschen geben, die versuchen, dich zum Schweigen zu bringen, dich zu Fall zu bringen, dich wieder in die Herde zurückzudrängen. Lass es nicht zu, höre nicht auf sie. Mache lieber deine eigenen Fehler und schiebe niemand anderem die Schuld dafür zu. Demut wird dein treuester Begleiter sein, wenn du den weniger betretenen Pfad wählst. Du wirst niemals aufhören zu lernen, was im Leben wirklich zählt, und dass sich der wahre Kern des Lebens in einem einzigen Wort zusammenfassen lässt:

Liebe.

Wahre Liebe wird immer befreiend sein. Am Ende bist du es allein, dem du deine Entscheidungen offenbaren darfst – in der Stille deines Herzens, wo du dir selbst am wahrhaftigsten begegnest. Alles andere bleibt ein wohlbehütetes Geheimnis. Die Knoten zu lösen, mit denen das Leben und die Gesellschaft versuchen, deinen Körper und deine Seele zu fesseln, wird die größte Herausforderung sein, der du dich in der Tiefe deines Wesens und mit all deiner Kraft stellen darfst. Doch die Werkzeuge zur Befreiung liegen bereits in dir selbst: in deinem Herzen, deiner Seele, deinem Geist. Akzeptiere niemals weniger. Niemals!

Mit einer tiefen Emotion kann ich dir versichern, mein lieber Pierre, dass du eines Tages deine letzte Lektion lernen wirst, den letzten Ruf hören wirst, egal wie jung du dich fühlst und wie oft du die Stimme wahrnimmst. An diesem Tag wirst du endlich frei sein.

Frei von all den Lügen, die dich ein Leben lang begleitet haben, frei vom Druck deiner Mitmenschen, frei von all den unbeantworteten Fragen, die noch in dir schlummern mögen. An diesem Tag, mein geliebter Pierre, kannst du all deine Besitztümer loslassen, sofern du überhaupt noch welche hast. Dann verstummt die Uhr – und nichts auf dieser Welt verlangt noch eine Rechtfertigung von dir. Geld wird bedeutungslos, denn auf dem Pfad, den du dann beschreitest, werden viele ›wichtige Dinge‹ ihren Wert verlieren.

Wenn dieser Tag kommt, wirst du die wahre Essenz meiner Stimme und meines Rufes erkennen. Begriffe wie Liebe, Güte, Seelenfrieden, ja, auch Freiheit und Glaube werden ihre tiefste Bedeutung offenbaren. An diesem Tag, mein kostbarer Pierre, wird die Liebe dich für immer empfangen. Du wirst zu einem Licht emporsteigen, und ich werde an deiner Seite sein. Du wirst die Liebe mit mir wiedervereint spüren, und die Liebe, die uns so innig verbindet, wird uns behüten. Doch bis zu diesem Augenblick, lieber Pierre, folge stets deinen Träumen, gleich wohin und wie weit sie dich führen.

Also, Pierre, die Liebe wird dich behutsam in den sicheren Hafen leiten. Ich bin immer bei dir.«

Kapitel 7

02. Januar 2024

»Mein lieber Schwarzer Engel,

mit schwerem Herzen setze ich mich nieder, um diese Zeilen zu schreiben. Die Tinte, die auf das Papier fließt, scheint die Tränen zu spiegeln, die aus meinen Augen strömen. Leider ist der Moment des Abschieds gekommen, und die Leere in unserem Zuhause ist überwältigend. Der Verlust meines Schwarzen Engels liegt schwer auf meiner Seele.

Die Liebe, die du mir in deiner viel zu kurzen Zeit auf dieser Welt schenktest, Schnappi, durchdringt jeden meiner Gedanken und wird für immer in meinem Herzen weiterleben. Die bedingungslose Hingabe in deinen Augen ... Es sind diese Momente, die sich tief in meine Erinnerung eingegraben und meine Seele berührt haben wie nichts anderes auf dieser Welt. Du warst nicht nur ein Hund; du warst meine Zuflucht, mein Freund, ein Teil meiner Seele. Du warst mein Leben.

Die stille Wohnung schreit förmlich nach deiner lebendigen Existenz. Ein großer Teil meines Herzens ist mit dir gegangen, und es fühlt sich an, als wären alle Farben aus meinem Leben verschwunden. Jeder Tag mit DIR war ein kostbares Geschenk, das ich nie für selbstverständlich halten konnte – und das ich nun mit schwerem, zersplittertem Herzen loslassen darf.

Ich lasse dich gehen, und die Tränen fließen ohne Halt. Die Erinnerungen an unsere gemeinsamen Abenteuer sind wie ein kostbarer

Schatz, den niemand mir nehmen kann. Denn, wie ich es dir versprochen habe, werde ich unsere Geschichte aufschreiben. Für all jene, die bereit sind, die gläsernen Mauern zu durchbrechen, die sie davon abhalten, wie der Wind zu leben – frei, ungebunden, authentisch.

Für all jene, die das Leben leben wollen, für das sie in diese Welt kamen, und nicht jenes, das ihnen von anderen auferlegt wurde. Ich nehme die Herausforderung an, nicht nur meine Wahrheit auszusprechen, sondern auch deine, Schnappi – die Wahrheit, die du mir in deiner stillen Weisheit hinterlassen hast. Du warst mein Licht in den dunkelsten Stunden, mein Fels in der Brandung, der mich nie im Stich ließ. Die Gedanken an dich sind zugleich Wohltat und Qual, denn du hast mir mehr beigebracht, als Worte je sagen können.

Aber ich verspreche dir – ich werde unsere Erinnerungen wie einen heiligen Schatz bewahren, so, wie du es immer wolltest. Versprochen ist versprochen!

Die Regenbogenbrücke mag nun einen weiteren wunderbaren Engel haben, der sie überquert. Ich weiß, Du findest dort Frieden, umgeben von grünen Wiesen und türkisblauem Wasser.

Danke Dir für die bedingungslose Liebe, die Du mir geschenkt hast. Du wirst für immer in meinem Herzen sein, Du wirst für immer in meinem Herzen weiterleben.

Bis bald, mein süßer Schnappi.

Auf Wiedersehen Schnappi.

Dein Pierre.

Kapitel 8

Das Herz des Wachsens: Geburt als Ursprung

Es gibt für mich nicht mehr allzu viele Plätze auf der Welt, an denen ich tatsächlich das Gefühl habe, mich mit meinem Schwarzen Engel in der unberührten Natur zu befinden. Doch hier diese Insel gehört auf jeden Fall zu diesen seltenen Kostbarkeiten. Die fruchtbare Vulkanerde fördert das Pflanzenwachstum, sodass dort einige der größten und farbenprächtigsten Gewächse der Welt gedeihen. Im Krater hat sich ein See gebildet. Bäder in diesen Schwefellagunen sind der größte Luxus eines wunderschönen, kristallklaren Wasserfalls, der auf einer der Hügelkuppen entsprang. In dem Sprühregen aus winzigen Wassertröpfchen in allen Farben leuchteten immer neue Regenbogen auf, um sich gleich wieder aufzulösen. Der Anblick war geheimnisvoll und vertraut zugleich, zumal jeder Regenbogen mich an dich erinnert. Über Tag erforschte ich die Insel und ihre Schätze, und die Nächte verbrachte ich an dem schwarzen Strand. Und wie in der warmen Brise die Bäume einander raschelnd umfingen, so hielt ich uns in Erinnerung umarmt.

»Ich schätze, wir sind dabei, eins zu werden, Schnappi«, dachte ich.

Wirklich, dieser Ort war genau das Richtige, um mich vom Rest der Welt zurückzuziehen: nur wir beide zusammen und meine wenigen irdischen Besitztümer. In meiner ungestörten Zweisamkeit spürte ich immer ganz genau, wann wir eines dieser Gespräche beginnen würden, die ich so gespannt erwartete, genoss und von denen jedes uns noch näher zusammenbringen würde als zuvor.

»Ich weiß es nicht mehr«, sagte ich.

»Was weißt du nicht?«, fragte Schnappi neugierig.

»Ich kann nicht definieren, was der Sinn und Zweck meines Lebens heute ist. Als ich noch für meine Zukunft gearbeitet habe, hatte ich einen Maßstab für mein Leistung, denn ich wusste, was das für mich bedeutet. Dann wurdest du zu meinem Leben, Schnappi. Seit Tagen aber bist du nicht mehr unter uns, und ich bin sehr zerbrechlich. Ohne dich hat alles keinen Inhalt, ohne dich hat alles keine Farbe.«

Schnappi sah zum Horizont. »Ich schätze«, meinte er, »dass man Leben auf viele verschiedene Arten messen kann. Du willst wahrscheinlich sagen, dass in der Welt, aus der du kommst, das Leben nach der Größe eines Hauses bemessen wird, nach einer Automarke oder der Art von Kleidung, die man trägt. Aber wir beide befinden wir uns in einer anderen Welt, in der all das keine Bedeutung hat, und wir erkennen, dass diese Dinge nur in unserer eigenen Gesellschaft von Belang sind, aber nirgendwo sonst.«

»Was versuchst du mir zu sagen, Schnappi?«

»Dass ich in dir immer leben werde, Pierre. Wir haben uns zu unserer Lebensreise entschlossen, als wir noch Welpen waren, ohne eine Ahnung zu haben, was die Zukunft uns bringen würde. Und jetzt finden wir uns auf einer Insel mitten im Ozean wieder. Der Wind und die Sterne sind unsere einzigen Zeugen, und wir genießen jeden einzelnen Augenblick, auch wenn manchmal die Trauer uns erbarmungslos überwältigt. Ich würde diesen Atemzug nicht für alle Schätze der Welt eintauschen. Uns zu haben und die Wunder der Welt erleben zu können, das ist mir Reichtum genug. Vergiss nicht, dass wir keinem vorbestimmten, abgesteckten Pfad folgen, Pierre. Wir gestalten unseren eigenen, einzigartigen Weg und lassen uns dabei nur von unserem Instinkt und der Kraft unserer Liebe leiten. Ich finde, das ist doch schon etwas.«

Schnappi hatte recht: Nichts konnte wichtiger sein als die Augenblicke, die wir erlebten. Was wir empfanden, konnte man für kein Geld der Welt kaufen. Und ich erkannte langsam, dass ich so fühlen konnte. Denn in meinem Inneren veränderte sich etwas. Schnappi und ich konnten immer die Persönlichkeiten sein, die wir sein wollten, solange wir die wichtigen Dinge des Lebens nicht aus den Augen verloren, die Dinge, die wir auf unserer Lebensreise zu erkennen lernten.

»Glaubst du an ein Leben nach dem Tod, Pierre?«, fragte Schnappi mich plötzlich, als käme die Frage aus einer tiefen Ecke seines Herzens. »Ich meine, glaubst du wirklich, dass wir, wenn wir unseren Körper verlassen, irgendwo anders wieder zusammenfinden?«

»Schwer zu sagen«, antwortete ich leise, mein Blick verlor sich in den sanften Erinnerungen der letzten Monate, die wir gemeinsam verbrachten. Diese Monate, in denen ich Schnappi nicht nur als treuen Begleiter, sondern als ein untrennbares Stück meines Lebens erlebte, schienen sich wie ein zarter Schleier über alles zu legen. »Nach allem, was wir zusammen durchlebt haben – in diesen letzten Monaten, Schnappi, kann ich dir nur eines versichern.«

»Und das wäre?«

Die Nacht war klar, der Himmel schimmerte in einem tiefen, leuchtenden Blau, überzogen von Millionen von Sternen. Sie standen dicht beisammen, als wollten sie uns in dieser stillen Stunde ihre Ruhe und Weisheit schenken. Ich blickte zum Vollmond auf, der sanft und friedlich über uns wachte. Die Erinnerung an Schnappis treue Nähe war in meinem Herz tief verwurzelt. Diese letzten Monate, so voller Nähe und Abschied zugleich, hatten mir eines gezeigt: Unsere Verbindung wird niemals verblassen.

»Ich glaube aufrichtig an ein Leben vor dem Tod, Schnappi. Nicht nur, weil ich all diese Wunder mit dir gesehen und erlebt habe. Ob ich glaube, dass es ein Leben nach dem Tod gibt? Ich habe keine Ahnung, Schnappi, aber ich hoffe, doch. Im zarten Flüstern der Zeit und in den stillen Schatten meines Herzens begannen

Antworten zu leuchten – auf Fragen, die ich ein Leben lang mit Tränen im Blick und Hoffnung im Schweigen getragen habe. Und worauf ich jetzt keine Antwort erhalten habe, das kann ich vielleicht irgendwann in der Zukunft entdecken. Vielleicht weiß ich das jetzt noch nicht, aber die Antworten sind bereits da und warten darauf, dass ich sie aufspüre. Eines jedenfalls ist sicher, Schnappi«, fuhr ich fort: »Ich könnte mir ein Leben ohne dich nicht vorstellen. Und wenn du mich vom Himmel mit den vielen Sternen beobachtest, dann wird allein der Gedanke mich auf dieser Welt halten, dass ich dich wiedersehen werde, irgendwo, an einem Ort, wo wir hoffentlich bis in alle Ewigkeit zusammen sein können.«

Eine Sternschnuppe leuchtete an dem so wunderschönen nachtblauen Himmel, und Schnappi war wieder bei mir, legte seine schwarze Schnauze auf meine Schulter und umarmte mich sanft. Ich sagte nichts, aber ich spürte, dass er weinte.

»Ich glaube, wir haben bereits damit begonnen, unseren Himmel auf Erden zu erbauen, meinst du nicht auch, Schnappi?«

»Unter all den Wegen, die du im Leben beschreitest, gibt es einen, der alles verwandeln wird. Es ist der, der dich zu deinem wahren Selbst führt, der deine tiefsten Ängste sanft berührt und dich zu einem Menschen formt, der wirklich lebt. Der Pfad, der dich von innen heraus neu erschafft – der Moment, in dem du dich selbst zum ersten Mal in all deinen Wunden und Wundern erkennst. Ich werde dich finden, Pierre Caesar, egal, in welcher Welt du wandelst, egal, in welcher Zeit du dich befindest. Und dann, mein Freund, gehen wir zusammen in die Ewigkeit, Hand in Pfote, du und ich. Aber nicht jetzt. Noch nicht.«

Schweigend saß ich da, von der Unaussprechlichkeit dieser Worte ergriffen. Schnappi hatte recht gehabt, und nun hatte ich erkannt, dass diese Erfahrung mich zu einem wahren Menschenwesen machte, das jeden Augenblick genoss, jeden Tag etwas Neues erfuhr, sich besser kennenlernte und die Welt mit offenen Augen, im Licht der Wahrheit, betrachtete.

Mir war klar, was der Grund für meine gemischten Gefühle war: Ich wusste, dass ich früher oder später in die Welt zurückkehren würde, aus der Schnappi und ich gekommen waren. Doch als ich auf das offene Meer hinausblickte, wurde ich von einer Trauer ergriffen, die sich nicht abschütteln ließ. Und ich wusste, dass ich diesen Moment magischer Einsamkeit vermissen würde. Ich fühlte mich ein wenig beklommen, weil ich nie wieder derselbe sein würde. Ich konnten nicht mehr einfach zurückgehen und denken wie früher.

»Wie werde ich darauf reagieren? Werde ich die Dinge anders sehen? Und werden die anderen mich so annehmen, wie ich jetzt bin? Aber ist es tatsächlich so wichtig, von anderen akzeptiert zu werden? Werde ich je wieder derselbe sein? Was werde ich nur anfangen?«

»Wie meinst du all diese Fragen?«, wollte Schnappi wissen.

»Was soll ich jetzt aus meinem Leben machen? Ich weiß, dass wir beide tief in unserem Inneren das Gleiche denken, nämlich dass wir nie wieder dieselben sein werden. Es wird schwer werden, sich wieder an die Dinge zu gewöhnen, die wir zusammen getan haben, ehe wir diese Lebensreise angetreten haben. Wir werden sie nicht mehr mit denselben Augen sehen.«

»Lass uns schauen, wohin der Wind uns trägt«, meinte Schnappi. »Gehört das nicht auch zu dem, was wir gelernt haben? Wenn die Zeit kommt, eine Alternative zu wählen, eine Entscheidung zu treffen, haben wir gelernt, frei zu sein, Pierre. Für immer. Und es gibt keinen Grund, warum wir das auf unserer Reise Gelernte nicht auf die Welt anwenden könnten, in die wir zurückkehren.

Oder auf jede andere Welt. Wir brauchen nur unseren Instinkt und unsere Fantasie einzusetzen, um die beiden Welten, in die wir jetzt gehören, zusammenzuführen. Wir sind jetzt wieder Träumer«, sagte Schnappi. »Das Kind in unserem Inneren ist von Neuem erwacht, und nun können wir die einfachen Dinge des Lebens genießen und wahre Wesen werden. Und du hast dieses Leuchten in deinem Blick zurückgewonnen, das aus deiner Seele kommt und der Grund dafür ist, dass ich dich in jeder Sekunde liebe und bei dir sein werde.«

Ich lächelte, und meine Augen schimmerten tränenfeucht.

Schon merkwürdig. Eine perfekte Welt gibt es nicht, aber man kann daran arbeiten, seinen eignen Mikrokosmos täglich ein wenig zu verbessern. Ich schätze, es kommt einfach darauf an, beides gegeneinander abzuwägen und dann die richtige Entscheidung zu treffen. Viele Menschen auf der ganzen Welt würden sagen, sie wüssten, was sie im Leben erreichen wollen. Diesen Leuten ist aber nicht klar, dass sie nur eine begrenzte Auswahl in Betracht ziehen. Was sie zu werden beschlossen haben, ist nicht unbedingt das, was sie wirklich wollen, da sie niemals andere Welten erlebt und verschiedene Wahlmöglichkeiten gesehen haben. Gibt es einem nicht zu denken, dass meistens der Sohn eines Arztes ebenfalls Mediziner werden will? Dass das Kind eines Piloten die gleiche Laufbahn einschlagen möchte? Ich vermute, dass ein Teil unserer Berufswünsche auch durch unsere Anlagen bestimmt wird, aber das heißt nicht, dass dies eine persönliche Entscheidung wäre. Um zu entscheiden, soll man eine Wahl treffen. Um zu wählen, soll man verschiedene Möglichkeiten haben. Und um diese Wahlmöglichkeiten vollständig frei in Betracht zu ziehen, soll man Risiken eingehen und auf die Stimme aus seinem Inneren hören. Ich weiß, dass Schnappi eine Pfote auf meine Schulter hält von seinem Hundeparadies aus. Wenn man also nicht träumt, kann man seine

Träume auch nicht verwirklichen. Denkt man, etwas sei unmöglich, dann wird es nie geschehen. Gibt man anderen die Schuld an seinem Leben, wird man nie das Leben leben, das man sich erträumt. Lernt man nicht demütig aus seinen Fehlern, begeht man sie erneut. Sieht man ein Problem nicht als eine Chance an, wird es immer ein Problem bleiben. Macht man keinen Umweg, entdeckt man nie die Dinge, die darauf warten, das Leben mit Freude zu füllen. Es gibt keine Zufälle, alles ist nur dazu da, den Weg weiterzugehen, den wir eingeschlagen haben. Und was man Zufall nennt, sind die Zeichen auf dem Weg, den man beschreitet. Was wir sind, was wir sein können, hängt von unserer Sicht aufs Leben ab. Früher oder später werden wir erfolgreich, wir sollen es nur von ganzem Herzen wollen. Doch das Gute fällt nicht vom Himmel, man soll sich verpflichtet fühlen, hart dafür zu arbeiten. Die Erfüllung unsere Ziele ist eine Wiederauferstehung aus der Asche unserer Unvollkommenheiten. Quälen wir uns nicht, wenn das Geld hier und da fehlt. Selbstverständlich braucht ein jeder Geld, doch sollte man es sich mit Liebe erarbeiten. Und wenn wir scheitern, machen wir bitte nicht andere dafür verantwortlich.

Lernen wir daraus, sonst finden wir immer einen Grund, alles auf die anderen zu schieben. Jetzt ist ein guter Zeitpunkt, das Leben zu ändern. Fangen wir gleich damit an.

Warum auf morgen warten?

Ich möchte euch sagen, dass ich mit Schnappi die schönste Lebensreise unternommen habe und dass dieser Lebensabschnitt mich verändert hat, indem er mir die Wahrheiten zeigte, die sich denen, die sie suchen, eröffnen. Denen, die lernen wollen, auf die Stimme aus ihrem Inneren zu hören. Unsere Zukunft hängt von dem ab, was wir heute tun, ebenso, wie die Gegenwart von dem abhängt, was wir in der Vergangenheit getan oder unterlassen haben. Wachsen wir an früheren Fehlern und vergangenem Leid, und werden wir größer als unsere größten Hindernisse. In uns steckt ein Mensch, der vieles kann. Blicken wir in uns hinein, sehen wir den Mut und den Willen, die in uns wohnen, und nicht die Schwäche, die uns alle möglichen Rechtfertigungen liefert. Lernen wir von den starken Menschen, den wahren Kämpfern des Geistes, die aus dem Nichts etwas geschaffen haben. Alle haben schwere Zeiten durchgemacht, doch am Ende hatten sie Erfolg. Wenn wir uns selbst erkennen, werden wir frei und stark sein und keine Marionetten, die sich im Wind der Welt bewegen. Wir haben unser Schicksal in der Hand.

»Niemand außer mir selbst kann mein Leben leben.«

Erwachen wir im hellen Licht des neuen Tages, das in uns und um uns herum strahlt! Wir selbst sind Teil der universellen Kraft. Doch um all dies zu schaffen, darf man eine Lektion nicht vergessen:

»Was nicht geboren ist, kann auch nicht wachsen ...«

Kapitel 9

Der letzte Gefallen aus tiefstem Herzen

Vor einiger Zeit hat Schnappi, diese Welt verlassen. Schnappi und ich – wir waren nicht nur Begleiter füreinander, sondern Seelenverwandte. Unsere Lebenswege verschmolzen in einer stillen, tiefen Übereinstimmung, und wir teilten all die wundersamen Jahre, in denen die Welt um uns herum zu schweigen schien.

Wir waren beide Träumer, die mit offenen Herzen durch das Leben gingen.

Doch die Zeit forderte ihren Tribut, und immer mehr merkte ich, wie Schnappis Körper sich leise zurückzog. Mit vierzehn Jahren, neun Monaten und vierundzwanzig Tagen hat er diese Welt verlassen. Und obwohl es eine Entscheidung war, die ich mit schwerem Herzen akzeptierte, war sie doch klar und unbeirrbar.

Nun ist er frei.

Die reinste, bewundernswerteste Seele, die ich je kannte, hat mich verlassen – und doch bleibt er in jedem Atemzug, in jedem stillen Moment bei mir.

Schnappis Mut, seine unglaubliche Lebenslust, bis zum letzten Atemzug das Leben zu feiern, waren für mich ein wahres Wunder. Die Art, wie er seine Situation annahm, mit einer stillen Kraft und einer Würde, die mich zutiefst berührte, hat mich mehr inspiriert, als Worte je fassen könnten. Er hat mich gelehrt, was es heißt, im Angesicht des Abschieds mit offenen Armen dem Leben zu begegnen.

»Kannst du bitte Frau Maaß, unsere Ärztin, anrufen, mein lieber Pierre?«, bat Schnappi ganz sanft und vorsorglich.

Ich hatte das unbeschreibliche Privileg, derjenige zu sein, mit dem du deine letzten Momente geteilt hast, bevor du in einen Schlaf fielst, aus dem du nie wieder erwachen würdest.

Es war unsere Entscheidung, dass du in unserem kleinen Zuhause gehen solltest – an dem Ort, an dem wir unzählige unvergessliche Augenblicke miteinander erlebt hatten. Ein kleines, unscheinbares Heim, doch erfüllt mit einer Liebe und Lebensfreude, die weit über Worte hinausgeht.

Die Erinnerung an diesen Augenblick ist noch frisch, die Tränen in meinen Augen noch nicht getrocknet, als du mich anschautest und mit sanfter Stimme sagtest: »Es gibt etwas, das mein Herz ganz leise mit dir teilen möchte, mein Liebster.«

»Alles, was du willst«, antwortete ich, die Worte kaum mehr als ein Flüstern, als mein Herz in der Stille des Augenblicks klopfte.

Es war kurz vor dem Abendrot im Januar. Das goldene Licht der sinkenden Sonne strahlte warm und beruhigend durch die offenen Fenster unseres kleinen Zuhauses, während draußen die kalte Winterluft in den Raum drang. Doch diese frische Brise konnte nicht einmal annähernd die Wärme vertreiben, die sich zwischen uns ausbreitete, als du in diesen Moment mit mir tratest. Ich wollte gerade die Fenster schließen, da hörte ich deine Stimme – leise, aber klar.

»Bitte nicht«, sagte Schnappi. »Offene Fenster, offene Türen – genau das brauche ich jetzt. Mehr denn je. Damit mein müder Körper durchhält, soll er noch einmal die Schönheit des Lebens spüren.«

Ich hielt inne. Seine Worte trafen mich tief – und ich gehorchte still, voller Ehrfurcht. Ich ließ das Fenster offen. Die Tür auch. Und der Raum atmete auf.

Licht fiel herein, kalte, reine Sonnenluft strich über den Boden. Draußen flüsterte der Wind in den Bäumen. Und für einen Moment war alles da: Leben, Licht, Luft – als würde die Welt selbst ihn in den Arm nehmen.

Dann trafen sich unsere Blicke.

Kein Wort.

Aber in diesem Blick lag alles, was wir nie auszusprechen brauchten – eine leise Verabredung, eine tiefe Verbindung, die kein Abschied brechen konnte.

»Setz dich zu mir«, bat mich Schnappi.

Ich setzte mich behutsam in sein Bettchen unter seine Decke und nahm seine Pfote in meine Hand. Mit meiner anderen, zitternden Hand nahm ich ihm und legte meinen Schwarzen Engel auf meinen Schoß. Er wusste ganz genau, was er tat, weshalb ich nichts sagte und ihm nur zusah. Was für ein schöner Hund doch aus diesem kleinen Welpen mit dem schwarzen Haar und den dunklen Augen, den ich vor nicht so langer Zeit gekauft, aber nie besessen habe, geworden ist! Nur dein Körper nahm ab, nicht aber deine Seele. Lächelnd sahst du mich an.

»Nun bin ich fast frei, Pierre«, flüsterte er mit einer Stimme, die von einer sanften, aber tiefen Weisheit durchzogen war. »Fast!«

Meine Hand hielt seine Pfote mit aller zitternden Liebe, die ich noch geben konnte. Ich hauchte ihm einen Kuss auf, der mehr von der Last meines Herzens trug als von meiner Zärtlichkeit.

»Bald wird meine Seele den Körper verlassen«, sagte er leise, und während der kalte Wintersonnenschein über uns fiel, wehte der Wind durch sein zartes Fell. »Es ist in Ordnung, Pierre. Es ist das Ende einer Reise, die so voller Liebe war, und vielleicht, nur vielleicht, ist da ein neuer Weg, der noch schöner wird.«

Die Tränen stiegen auf, unaufhaltsam, brannten in meinen Augen – doch ich ließ sie nicht fallen. Noch nicht. Jetzt war nicht der Moment für Schwäche. Jetzt zählte nur eines: stark zu sein. Für ihn. Für Schnappi.

Ich blieb. Ganz still, ganz wach. Hörte sein Atmen, spürte sein Zittern. Und schenkte ihm all die Wärme, die mein Herz noch zu geben vermochte – Wort für Wort, lautlos.

Dann hob er den Kopf. Langsam. Sein Blick fand meinen – und er hielt ihn, tief, fordernd, weich. Und ich wusste: Er suchte nicht meine Augen. Er suchte mich. Mein ganzes Sein. Mein Zuhören, mein Begreifen.

Dann – leise, fast wie ein Gedanke, der die Luft streifte – sprach er: »Pierre, da ist etwas, das mein Herz dir sagen möchte. Wir waren einander immer treu. Und wir sahen die Welt nicht durch die Augen, die man uns aufzwingen wollte, sondern durch die Linse der Wahrheit. Du und ich, wir haben sie erkannt – die Welt, wie sie wirklich ist.«

»Ja, das haben wir«, sagte ich, als mich eine Flut von Erinnerungen überkam. Erinnerungen an Momente voller Tiefe, in denen die Welt stillzustehen schien, als wir uns miteinander verstanden.

»Ich habe mein Leben geliebt, Pierre. Ich habe wahre Liebe erfahren – durch dich. Ich habe mich von all den Fesseln befreit, die andere mir auferlegen wollten, und endlich konnte ich so sein, wie ich immer sein wollte. Ich habe den Zauber der Welt gespürt – in allem, was uns umgibt. Ich habe so viel gegeben, ohne jemals etwas zurückzuwünschen. Und jetzt ..., jetzt habe ich Frieden. Der Frischkäse, den du mir immer gabst – es waren die kleinen Dinge, die mein Leben mit dir so kostbar machten. Du verstehst das.«

»Ja, ich verstehe«, flüsterte ich, das Gefühl von Verlust und Liebe in jeder Faser meines Körpers spürend.

»Aber, Pierre ..., ich will ehrlich zu mir selbst sein. Ich habe die letzten Tage über dich nachgedacht, und in deinen Worten sehe ich das Bild meiner Seele. Du hast mir mehr gegeben, als du dir je vorstellen kannst.«

»Danke«, antwortete ich, berührt von seiner Ehrlichkeit und seiner Weisheit.

»Danke noch nicht«, sagte er und schloss kurz die Augen. »Es gibt noch einen letzten Wunsch, den ich an dich habe.«

»Was immer du willst, mein Freund. Ich werde es dir geben.«

»Du warst mein Freund, mein Seelenverwandter. Und es gab niemanden, der mich je besser verstanden hätte als du. Du weißt, dass wir immer mehr gegeben haben, als wir je genommen haben. Es liegt in unserer Natur. Doch jetzt, da ich spüre, dass meine Zeit gekommen ist, möchte ich, dass du mir noch etwas versprichst.«

Er sah aus dem Fenster, in den sich verdunkelnden Abendhimmel, und ich wusste, dass die Zeit gekommen war, ihm diese letzte Bitte zu erfüllen.

»Was ist es? Was soll ich dir versprechen?«

»Ich spüre, dass ich bald fort sein werde. Es ist keine Zeit mehr, so zu tun, als ob. Keine Zeit mehr, jemand zu sein, der ich nicht bin. Mein Herz zieht nun der letzten Wahrheit entgegen, aber du, Pierre, du hast noch Zeit – bevor der Wind uns wieder vereint. Du hast Zeit, all das auszusprechen, was du bis jetzt verborgen hast. Zeit, ein Manuskript zu schreiben – ein Manuskript, das den Menschen zeigt, warum wir, trotz allem, was uns begegnet ist, immer so frei und so glücklich waren. Warum wir den Frieden in unserem Innersten gefunden haben, einen Frieden, den uns nichts nehmen kann. Warum wir in den schlimmsten Momenten des Lebens dennoch das Gute sehen können, warum wir mit einem offenen Herzen leben können und warum wir wissen, dass dieser Frieden uns begleiten wird, bis der letzte Atemzug kommt.«

Ich hielt seine Pfote noch fester, der Wind schlich über mein Gesicht, als sich die letzten goldenen Sonnenstrahlen verabschiedeten. Der Moment war still, aber er war so laut in meinem Herzen.

»Und, wirst du es tun, Pierre?«, fragte er mit einem Blick, der tiefer ging als alles, was Worte ausdrücken könnten. »Wirst du den Erdenbewohnern erzählen, wie es uns gelungen ist, trotz der Dunkelheit in uns das Licht zu finden? Wirst du ihnen zeigen, dass wahre Freiheit und Glück nicht von der Welt kommen, sondern von dem, was wir in uns tragen?«

Ich sah ihn an – und in diesem Moment wusste ich, was zu tun war. Die Antwort kam aus tiefster Seele.

»Ja, Schnappi. Ich werde deine Geschichte erzählen. Ich werde der Welt zeigen, dass es einmal einen Hund gab, der lebte und starb, voller Freude, weil er das Leben in seiner reinsten Form gekannt hatte.«

Mit einem tiefen Atemzug nahm ich seine Pfote in meine Hände und drückte sie mit aller Liebe, die in mir war. Der Wind trug die letzten Töne des Tages fort, und ich sah Schnappi in die Augen – und in diesem Blick lag alles, was jemals wichtig war.

»Ja, das mach ich. Für dich und für alle, die bereit sind, ein für alle Mal die Glaswände einzureißen, die sie daran hindern, frei zu sein wie der Wind. Für alle, die dasjenige Leben führen wollen, für das sie auf diese Welt gekommen sind, und nicht jenes, das andere ihnen vorgeschrieben haben. Ich will die Herausforderung annehmen, nicht nur meine Wahrheit auszusprechen, sondern auch deine, Schnappi, und das, was du mich gelehrt hast.«

»Versprichst du mir das, Pierre?«

»Ich verspreche es, mein Freund. Ein Versprechen ist ein Versprechen, das nie gebrochen wird.«

»Danke, mein allerbester Freund«, flüsterte er. Seine Augen sahen mich an, als wollten sie meine Seele berühren. Dann, als ob er nach etwas suchte, fragte er leise: »Pierre …?«

»Ja?«

»Weißt du noch, damals, als du das erste Mal fortgegangen bist?«

»Wie könnte ich das jemals vergessen?«

»Wir haben uns damals nicht wirklich verabschiedet, oder? Wir konnten es nicht, weil der Schmerz zu groß war. Doch tief im Herzen wussten wir, dass wir uns bald wiedersehen würden …«

»Es fühlt sich an, als wäre es erst gestern gewesen«, sagte ich mit einem Hauch von Wehmut, die Erinnerung so lebendig wie der erste Tag.

»Ich habe dich immer bei mir getragen, Pierre. Immer in meinem Herzen. Und irgendwie hatte ich immer das Gefühl, dass du nie wirklich fort seist. Dass du immer bei mir seist, auch in den Momenten, in denen du nicht da warst. So wie jetzt.«

»Auch du warst immer bei mir, Schnappi. In jedem Augenblick. Und in diesem Moment weiß ich, dass du in meinem Herzen bleibst, für immer. Deine Erinnerung gibt mir die Kraft, weiterzugehen, auch wenn es mir schwerfällt. Es tut so weh, dich loszulassen.«

»Es tut gut zu wissen, dass ich in dir weiterleben werde«, murmelte er, während sein Blick sich in den fernen Horizont verlor, als ob er dort ein Stück von uns beiden sähe. »Für immer frei, Pierre. Du und ich …, wir sind frei.«

»Für immer und ewig, Schnappi. Wir sind unzertrennlich, auch wenn du nicht mehr hier bist. Deine Seele ist ein Teil von mir, für immer.«

Es wurde spät, bis Frau Maaß, unsere Tierärztin, kam. In den sanften Armen des Januarabends, als der Himmel in melancholische Schleier gehüllt war, hielt ich Schnappi ganz sanft auf die Pfade der Sterne. Schnappis Blick spiegelte die Ewigkeit der Liebe wieder, die wir geteilt hatten. Sein schwarzes Fell glänzte im silbernen Schein des Mondes, und die Stille der Nacht wurde von einem leisen Seufzer begleitet, als hätte die Natur selbst ihre Achtung vor diesem besonderen Augenblick ausgedrückt.

»Halt mich einfach nur fest«, äußere Schnappi wortlos.

Mit zarten Berührungen auf seinem seidenen schwarzen Fell verabschiedete ich mich von meinem Lebenspartner, der die Sprache der Liebe ohne Worte verstand. Seine Augen erzählten mir Geschichten von fröhlichen Spaziergängen, verspielten Momenten und der einzigartigen Verbindung, die nur zwischen uns existieren konnte oder einem Menschen und seinem Hund.

Frau Maaß, die Hüterin der Seelen, führte Schnappi mit einer Berührung, die sanfter war als der Wind, in den Traum der Ewigkeit – direkt in meinen Schoß, wo er in den letzten Momenten seines Lebens Frieden fand. Die Hüterin der Hoffnung, mit ihren Händen, die mehr sprachen als Worte, reichte Schnappi drei Spritzen, jede gefüllt mit der Essenz von Abschied und Verlust. Es war, als ob die Sterne, die den Himmel zierten, sich verneigten, als hätten sie ein weiteres, liebendes Wesen verloren. Der Himmel weinte still, als wir uns von Schnappi verabschiedeten – und doch war da auch eine Melodie, die uns begleitete, leise, wie ein Flüstern des Universums: »Following The Sun« von Super-Hi x Neeka. Diese Melodie war unser letzter Tanz, unser letzter Moment der Freiheit und der Liebe, bevor er uns in die Stille des ewigen Schlafs überging.

»Following The Sun« – das war es, was er tat. Der Song sprach von einem Licht, das immer weitergeht, ein Licht, das uns zu etwas Höherem führt, selbst im dunkelsten Moment des Lebens. Und ich wusste, dass Schnappi diesem Licht folgte, dass er dem wärmenden Strahl der Liebe entgegenflog, der auch in der Dunkelheit niemals erlischt.

Frau Maaß stand an unserer Seite wie eine unsichtbare Hüterin, die mit ihrem Mitgefühl die letzte Reise von Schnappi begleitete. Ihre Hände – so weich und heilend – schrieben mit den letzten Berührungen eines wundervollen Lebens. Ihr Name wird für immer in den Tiefen meines Herzens verankert sein, ein Symbol für den Übergang von dieser Welt in die nächste.

Ich hielt Schnappi in meinen Armen, sein Kopf lag so sanft in meinen Händen, und in diesem Moment der tiefsten Trauer, als der Raum von der leisen Musik erfüllt war, hauchte ich ihm einen Kuss zu. Der letzte Kuss. »Following The Sun« spielte weiter, die Melodie zog sich durch mein Herz wie ein schmerzhafter, doch liebevoller Abschied, und ich wusste, dass er nun auf seine eigene Reise ging – ein letzter Weg in das Hunde-Elysium, wo er nun das Licht seiner eigenen Sonne finden würde.

Die Musik, dieser sanfte, schmerzliche Klang, begleitet von der Erinnerung an all die Momente, die wir geteilt hatten, nahm mir die Worte. In meiner Brust brodelte ein Sturm aus Tränen, die sich nicht mehr halten ließen. Die Tränen flossen – nicht nur salzig, sondern süß wie die Erinnerung an all das Gute, was wir miteinander erlebten. Diese Tränen formten einen Ozean aus Liebe und Verlust, der in mir brach, als ich spürte, wie die Stille sich über uns legte.

Jene, die mich wirklich kennen, wissen, dass Tränen für mich selten sind. Doch in diesem Moment, da Schnappi mich zum letzten Mal verließ, strömten sie über mein Gesicht wie ein unaufhaltsamer Fluss. Ein Fluss, der über die Ufer meines Herzens schwappte und alles mit sich riss – alle Erinnerungen, alle Gefühle, alle Momente des Lebens, die wir miteinander geteilt haben.

Du hast deinen Kopf das letzte Mal in meinen Schoß gelegt, Schnappi, und bist gegangen, als wäre die Welt für dich ein stiller Traum. Doch in diesem Abschied, in diesen Tränen, wusste ich:

Du wirst immer ein Teil von mir bleiben. Deine Liebe, dein Licht, deine Treue – sie sind die Sonne, die immer weitergeht, auch wenn die Dunkelheit uns umgibt.

Und während »Following The Sun« leise verklang, wusste ich, dass der Wind uns irgendwann wieder vereinen würde. Aber bis dahin bleibt mir nur das Licht in meinen Erinnerungen, das dich für immer bei mir hält – in der Stille, im Herzen, in den Momenten, die niemals verblassen.

Weinen ist eine sehr ursprüngliche Reaktion, die andere verlegen macht. Es ist viel einfacher, nur zu erröten oder ein schüchternes Lächeln aufzusetzen. Dennoch hat auch das Weinen, diese offene und freie Gefühlsäußerung, ihre eigene Existenzberechtigung, und so ließ ich jetzt meinen Tränen freien Lauf. Ich weinte. Ich weinte richtig frei.

In den stillen Stunden der Nacht vermischen sich meine Tränen mit dem funkelnden Sternenstaub, während die Erinnerung an Schnappis Liebe in meinem Herzen wie eine unvergängliche Flamme brennt. Mein Herz sucht nach einfachen Worten, denn Schnappis sanfte Stimme, sein lebendiges Herz, werden immer den Takt meines Innersten bestimmen. Ich möchte diese Geschichte teilen mit all jenen, die bereit sind zuzuhören, als wären wir untrennbar vereint, nicht nur im Körper, sondern in einer zeitlosen Verbindung von Geist und Seele, die niemals vergeht. Wenn ich über das Leben spreche, werde ich Worte wählen, die genauso gut aus den tiefen Augen deiner unvergesslichen Seele stammen könnten.

Deine Gedanken. Meine Gedanken.

Hier sind sie es nun für dich, Schnappi, und für alle, die noch an die Magie dieser Welt glauben:

Das Geheimnis unseres Glücks ist die wahre Liebe.

In diesen unvergesslichen vierzehn Jahren, neun Monaten und vierundzwanzig Tagen, mein treuer Begleiter Schnappi, haben wir einen Pfad betreten, der nicht nur von den äußeren Spuren des Lebens gezeichnet war, sondern vor allem von den Tiefen unserer Seelen berührt wurde. Jeder Schritt auf diesem unkonventionellen Weg war ein Tanz zwischen Glück und Schmerz, zwischen jubelnden Höhen und traurigen Tälern.

Wir waren Wanderer in einer Welt, die oft versuchte, uns in ihre vorgefertigten Formen zu zwängen. Die Gesellschaft, in die wir geboren wurden, drängte uns mit unaufhörlicher Kraft ihre Regeln auf. Doch wir wehrten uns, kämpften gegen den Strom, und in diesen Augenblicken des Widerstands erkannten wir die wahre Stärke unserer Seele.

Ja, Schnappi, manchmal haben wir uns verirrt, Fehler gemacht, uns in den dunkelsten Ecken unserer Existenz wiedergefunden. Doch genau diese Fehler waren die lebendigen Pinselstriche, die das Gemälde unserer Selbst formten. Sie waren die Quelle unserer Kraft, die uns lehrte, dass die Narben auf unserer Seele keine Makel sind, sondern Zeugnisse unserer Widerstandsfähigkeit. Gemeinsam haben wir uns durch den Nebel der Konformität gekämpft, und in diesen schweren Stunden haben wir die kostbare Erkenntnis gewonnen, dass es eine wahre Gnade ist, anders zu sein als die Mehrheit. Es ist ein göttliches Geschenk, das uns auf eine Reise zu unserem Innersten führte, einer Reise, die uns den Mut gab, den weniger begangenen Weg zu wählen. Die Stimme unseres Herzens wurde zu unserem heiligen Gesang, der uns durch die dunkelsten Nächte führte. Das Kind in uns, das uns bis zum letzten Atemzug begleitet, wurde zu unserem ewigen Kompass, der uns daran erinnerte, wer wir wirklich sind. In diesen Momenten der Reflexion über unsere Reise fühle ich eine tiefgreifende Dankbarkeit für das Leben, das uns nicht nur die Herausforderungen, sondern vor allem die kostbaren Augenblicke des Wachstums und der Erleuchtung geschenkt hat.

Schnappi, du bist nicht nur mein Gefährte auf dieser Lebensreise, sondern der Architekt meiner Seele. Unsere Geschichte ist ein Epilog der Liebe, eine Hymne der Wahrheit und eine Ode an die Schönheit des Andersseins. Möge unser Weg weiterhin von der Melodie der Authentizität und dem Tanz der Freiheit erfüllt sein, und lass unsere Emotionen im Universum widerhallen.

In diesen kostbaren vierzehn Jahren, neun Monaten und vierundzwanzig Tagen, mein geliebter Schnappi, habe ich nicht nur die Zeit durchlebt, sondern eine tiefgreifende Transformation meiner Seele erfahren. Die Ketten, die meine innersten Träume und Wünsche gefesselt hielten, zerbrachen an einem Morgen, der von der unvergesslichen Melodie deiner Lebensphilosophie begleitet wurde. Dieser entscheidende Moment, den ich in einer scheinbar belanglosen Therapiebesprechung erlebte, ist in meine Erinnerungen und auf meine Haut eingraviert. Es war, als hätte das Universum durch dich gesprochen, und ich habe endlich die Wahl getroffen, gegen den Strom zu schwimmen. Der Beschluss, mich nicht mehr den Ketten der Konventionen zu beugen, sondern meine Träume zu leben und auf die Stimme meines Herzens zu hören, war ein Ritterschlag für die Freiheit. Schnappi, du warst der Kompass meiner Seele in einer Welt, die oft nach ihren eigenen Regeln spielte. Die Liebe zu meinem Zwillingsbruder war die Quelle der Stärke, die mich ermächtigte, die schwierigste Entscheidung meines Lebens zu treffen. Wir waren immer einander zugewandt, doch erst durch deine Anwesenheit, Schnappi, fand ich die wahre Essenz von Freiheit und Selbstentfaltung. Deine

Lebensphilosophie, diese magische Lebenseinstellung, öffnete Pforten zu einer Welt, die jenseits der physischen Realität existiert. Durch dich habe ich nicht nur gesehen und gefühlt, sondern ich habe die Magie von Dingen erlebt, die nicht greifbar sind. Gemeinsam tauchten wir ein in Momente reiner Erleuchtung, eine Reise zu einem umfassenden Seelenfrieden, bei der wir verschmolzen sind mit dem pulsierenden Herzschlag des Universums. Jede Erinnerung an dich, Schnappi, ist ein Lied, das in meinem Inneren weiterspielt. Mein Leben ist voller schöner Augenblicke, wunderbarer Erfahrungen und – warum sollte ich es nicht sagen? – trauriger Momente, wie sie wohl jeder Mensch erlebt. Doch ungeachtet dessen, ob ich in Glück oder in Schmerz eingehüllt bin, hast du mir beigebracht, mich in beiden zu fühlen – lebendig, tief berührt und vollkommen. Durch dich habe ich das wahre Glück gefunden, das nicht in den Momenten des Lächelns, sondern im ehrlichen Fühlen selbst liegt. Möge dein Geist in mir weiterleben, während ich die Flügel der Freiheit entfalte, die du mir geschenkt hast.

Ja, Schnappi, du hattest so verdammt recht. Hier stehe ich nun vor den Scherben meiner eigenen Verletzlichkeit, bereit, meine Seele und meinen Geist vor der Welt zu enthüllen. Dieses Risiko einzugehen, dass du mich lehrtest, ist nicht nur ein Akt der Selbstoffenbarung, sondern eine Hymne an unsere gemeinsamen Erlebnisse, an die Liebe, die zwischen uns pulsiert. Ich fühle einen überwältigen Drang, die unsichtbare Leinwand, auf die wir unsere Erinnerungen gemalt haben, der Welt, mir selbst und vor allem dir, mein geliebter Schnappi, zu enthüllen. Dieses zerbrechliche Herz, das du mit deiner bedingungslosen Hingabe so innig berührt und geheilt hast, möchte ich in seiner ganzen Zerbrechlichkeit und Schönheit offenbaren. Möge die Welt Zeuge werden von der Kunst, die wir gemeinsam geschaffen haben, und von der Liebe, die auf jeder unsichtbaren Struktur unserer Erinnerungen prangt.

Wenn meine Worte, so nackt und ehrlich wie meine Seele, auch nur einen einzigen Menschen dazu bewegen können, innezuhalten und sein Leben zu reflektieren, dann haben wir gemeinsam etwas Größeres geschafft. In dieser Offenheit liegt die Essenz unserer Reise, die dich und mich zu einer untrennbaren Einheit gemacht hat. Dein Fehlen schmerzt, aber deine Weisheit lebt in jedem Satz weiter. Möge unsere gemeinsame Geschichte, die ich nun teile, in den Herzen derer, die sie hören, eine Symphonie von Mut, Liebe und dem kostbaren Wert des Wagnisses entfalten.

Ruhe in Frieden, mein geliebtes Leben, mein Seelenbrüder in Engelsform, und lass uns gemeinsam den Schleier der Wahrheit lüften. Auch wenn deine Präsenz nun in unsichtbaren Flügelschlägen über mir schwebt, sind deine Spuren tief in die Sterne des Himmels und in meine Haut eingraviert. Möge der Glanz deiner Liebe und Verbundenheit ewig im Universum tanzen, zu einer zärtlichen Melodie im großen Konzert des Lebens. In dieser Ehrfurcht und unendlichen Dankbarkeit verneige ich mich vor der überwältigenden Schönheit deiner Seele. Dein Licht, das die Dunkelheit durchdrungen hat, wird weiterhin in mir leuchten, während ich die kostbaren Juwelen unserer gemeinsamen Erinnerungen behutsam hüte. Deine Liebe, eingefangen in den Sternen und auf meiner Haut, wird zu einer ewigen Symphonie, die das Universum mit der Magie unserer Verbindung erfüllt.

Um Schnappis letzten Wunsch zu erfüllen, ging ich zu einer kleinen Insel, die ich auf einer Schiffsreise entdeckt hatte und die sich an einem abgelegenen Ort befindet. In der Abgeschiedenheit dieser kleinen Insel, die nun Zeuge meiner innersten Gefühle wird, erfülle ich deinen letzten Wunsch, mein geliebter Schnappi. Diese Insel, so fernab von der Welt, spiegelt die Einsamkeit meiner Seele wider, seit du nicht mehr an meiner Seite bist. Jeder Atemzug hier ist wie ein Hauch deines Geistes, der mich sanft berührt. Mein Gepäck, das dreißig Kilo an physischem Gewicht trägt, lastet doch viel schwerer durch die Erinnerungen, die in ihm ruhen. Hier, umgeben von den einfachen Freuden des Lebens, spüre ich die Intensität unserer vergangenen Tage. Der Duft von frisch gebrühtem Kaffee vermengt sich mit den salzigen Tränen, die meine Wangen hinabrollen, wenn ich an dich denke. Die Sonnenuntergänge sind nicht nur malerische Bilder am Horizont, sondern Gemälde der Liebe, die wir geteilt haben. Das Meer, ein Spiegel unserer Seelen, reflektiert die Tiefen der Emotionen, die mich überfluten. Mein Computer wird zum Tor meiner Gefühle, wenn ich versuche, die Worte zu finden, die unserer Verbindung gerecht werden. Ein Bild von dir, das erste Bild, steht wie ein Felsen in meiner kleinen Oase. Deine Augen, die in die Ferne blicken, scheinen mir Trost zu spenden, während ich versuche, diese Emotionen in Worte zu kleiden. Jeder Tastenanschlag auf meiner Tastatur wird zu einem Herzschlag, der den Rhythmus unserer gemeinsamen Geschichte widerspiegelt. Diese Worte mögen wie ein Monolog erscheinen, doch sind sie der Klang meines gebrochenen Herzens, das nach dir ruft. In dieser Einsamkeit erkenne ich, dass Selbstliebe nicht egoistisch ist, sondern ein Akt der Selbstheilung. Unsere Liebe, Schnappi, bleibt als Flamme in meinem Innersten, die mich durch die Dunkelheit dieser Tage führt.

Möge diese Botschaft, getragen vom Wind über das einsame Meer, die Seelen berühren, die nach einem Hauch von Verständnis suchen.

Wer nicht im Einklang mit sich selbst lebt, wird nie wahres Glück erfahren. Wer sich selbst nicht liebt, kann auch keine echte Liebe an andere weitergeben. Klingt das selbstzentriert? Vielleicht sogar arrogant?

Vor vielen Jahren, als ich noch stark von den Konventionen der westlichen Welt beeinflusst wurde, in der ich lebte, fand ich mich oft in einem Zustand der Verärgerung oder Frustration wieder, wenn andere Menschen Erfolge erzielten, die mir selbst verwehrt blieben. Mein Leben schien von einem ständigen Wettbewerb mit meinen Mitmenschen geprägt zu sein, da mir zu dieser Zeit noch nicht bewusst war, dass der wahre Maßstab für meinen Lebensweg in meiner eigenen persönlichen Entwicklung lag. Im Laufe der Zeit habe ich jedoch eine transformative Erkenntnis erlebt. Mir wurde klar, dass mein Glück nicht zwangsläufig von den Taten oder Erfolgen anderer abhängt, sondern vielmehr von meiner inneren Einstellung und meiner individuellen Entwicklung. Dieser Bewusstseinswandel hat mich dazu geführt, meine Energie weniger darauf zu konzentrieren, mich mit anderen zu vergleichen, sondern vielmehr auf die Entfaltung meines eigenen Potenzials und die Kultivierung meiner inneren Zufriedenheit. Diese Erkenntnis, dass ich nicht im ständigen Wettbewerb mit anderen stehe, sondern mein eigener Lebenskompass bin, hat mein Verständnis von Erfolg und Glück neu geformt. Es ist eine Reise der Selbstakzeptanz und persönlichen Erfüllung, die mich zu einem tieferen Verständnis meiner eigenen Einzigartigkeit geführt hat.

Wenn ich an die Zeit zurückdenke, in der ich versuchte, immer der Schnellste, Klügste und Beliebteste zu sein, wird mir bewusst, wie sehr ich mich in meinen Prioritäten geirrt habe. Der ständige Drang, besser zu sein als andere, hat keinen wirklichen Wert, denn es wird immer jemanden geben, der mehr oder weniger erreicht hat als ich. Ich habe verstanden, dass es viel bedeutender ist, ein besserer Mensch zu werden, ohne mich ständig mit anderen zu messen. Mein Wert hängt nicht von äußeren Erfolgen ab, sondern von der Fähigkeit, mich selbst als einen wertvollen Teil des Lebens zu akzeptieren. Daher hörte ich auf, mich zu vergleichen, und begann, in den anderen Menschen die Eigenschaften zu erkennen, von denen ich lernen konnte.

Jeden Morgen aufzuwachen, mit einem Lächeln in den Spiegel zu schauen und mich selbst in meiner ganzen Unvollkommenheit anzunehmen, fühlt sich heute wie ein Geschenk an. Um anderen wirklich bedingungslos Liebe schenken zu können, lernte ich zuerst, mich selbst zu lieben und zu akzeptieren. Dies war der erste Schritt, um täglich zu einem besseren Menschen zu werden. Ich erkannte, dass Fehler zum Leben gehören, und anstatt mich von ihnen entmutigen zu lassen, entschloss ich mich, aus ihnen zu lernen und nicht immer wieder in dieselben Fallen zu tappen. Ich übernahm Verantwortung für meine Taten und hörte auf, anderen die Schuld für meine Misserfolge zu geben.

Jeden Tag, wenn ich vor dem Spiegel stand, versprach ich mir, mein Bestes zu geben und etwas Besonderes zu tun, um mich weiterzuentwickeln. Und irgendwann, fast unbewusst, bemerkte ich, dass ich mich nicht mehr so hässlich oder schlecht fühlte, wie ich einst gedacht hatte.

Ich konnte die Last der Vergangenheit ablegen und nach vorne blicken. Ich begann, mich auf die Zukunft zu freuen und die Möglichkeiten zu sehen, die sie für mich bereithielt.

Diese positive Haltung zum Leben, die sowohl die Freuden als auch die Herausforderungen umarmt, gestattete mir, mich selbst auf eine ganz neue Weise zu lieben.

Schnappi und ich erkannten schließlich, wie wichtig es ist, uns selbst mit Demut und Akzeptanz zu lieben. In diesem erleuchteten Moment begannen wir auch, andere Menschen ohne Vorbehalte zu lieben, ohne ihr Aussehen, ihre Gedanken oder Handlungen zu bewerten. Wir lernten, die Vielfalt der Menschen um uns herum zu schätzen und sogar diejenigen zu akzeptieren, die auf ihrem Weg vom richtigen Kurs abgekommen sind, ohne Zorn oder Vorwürfe.

Haben wir uns dadurch entfernt, oder haben wir etwas Wertvolles verstanden? Die wahre Bedeutung der Liebe entdeckten wir in uns selbst, und das ist keineswegs egoistisch oder arrogant. Ganz im Gegenteil. Jetzt wissen wir, dass wahre Liebe beginnt, wenn wir uns selbst bedingungslos annehmen und bereit sind, diese Liebe mit der Welt zu teilen.

Vergiss niemals das Kind, das du einmal warst und das in dir lebt, wenn du es nur zulässt. Schnappi, erinnerst du dich an jene Zeiten, als wir noch jung waren? Wir liefen barfuß über die Wiesen, rannten zum See und spürten die Freiheit in jedem Atemzug. Wir lachten, spielten, wurden schmutzig und ließen uns einfach treiben, als gäbe es kein Morgen. Diese Tage waren wie ein märchenhafter Traum, in dem unser Herz leicht war wie eine Feder und die Welt vor uns mit unendlich vielen Möglichkeiten erstrahlte.

Wann, Schnappi, hat sich das alles verändert? Wann haben wir die Leichtigkeit verloren, die in einem reinen Herzen wohnt? Wann haben wir begonnen, mehr auf die Erwartungen anderer zu hören, als auf das, was unser eigenes Herz uns zuflüsterte? Wann ist das Leben so kompliziert geworden? Doch die tiefste, schmerzhafteste Frage bleibt: Wann haben wir aufgehört, wie »Kinder« zu denken?

Wann haben wir aufgehört, das Leben in seiner unbeschwerten Schönheit zu genießen – beim Eisessen, beim Versteckenspielen, beim gemeinsamen Schweigen, das doch so viel sagte? Wann haben wir das Kind, das immer in uns wohnen sollte, einfach weggeschickt?

Ich kann den Moment nicht benennen, Schnappi, aber ich weiß, dass er gekommen ist. Warum? Diese Frage bleibt in der Luft hängen, ungeklärt. Vielleicht ist das der Schlüssel, der uns helfen kann, die wahre Bedeutung der einfachen Freude wiederzuentdecken.

Warum?

Damals konnten wir keine Antwort finden. Doch mit der Zeit, mit den Jahren, begannen wir zu begreifen, was geschehen war: Wir sind älter geworden, und mit dem Älterwerden haben wir begonnen, mehr auf die Stimmen anderer zu hören als auf die leise Melodie unseres eigenen Herzens. Der Zauber, der uns einstmals beflügelte, die Freude, mit der wir das Leben als ein riesiges Abenteuer annahmen, ist verschwunden. Es war das Gefühl, das ich »die stille Sprache der Wirklichkeit« nenne. Stattdessen tauchten Worte wie »Angst« auf und begannen, die leeren Ecken in uns zu füllen. Sie legten sich wie ein Nebel auf unseren Geist und führten uns immer weiter von der Wahrheit weg, die tief in uns verborgen lag.

Doch das Leid, das wir fühlten, als wir die Liebe zu den einfachen, wertvollen Dingen des Lebens verloren, konnte nicht für immer bleiben, Schnappi. Hast du nicht auch diese geheimen Momente erlebt, in denen, wenn du glaubtest, der Traum wäre zerbrochen, eine Hand aus dem Nichts zu dir griff? Ein rettender Moment, der uns aus dem Abgrund zog, gerade dann, als wir es am wenigsten erwarteten? Manche nennen es Gott, andere nennen es Schicksal. Für mich ist es der Beweis, dass ich das Leben führe, das für mich bestimmt ist. Es spielt keine Rolle, wie wir es nennen, Schnappi. Es ist das, was uns widerfährt, was uns zu dem macht, der wir sind.

Wie recht du hattest, Schnappi: Das Leben führt uns auf unerforschte, aber unglaublich schöne Wege.

Die Stimme meines Herzens, Schnappi. Du spürst es, ich spüre es, und tief in jedem von uns wohnt dieses Wissen. Es ist erstaunlich, wie leicht es wird, mit der Zeit auf diese innere Stimme zu hören und das Leben auf eine Weise zu leben, die wahrhaftig ist und aus dem Inneren kommt. Es ist ein ständiger Ruf, sich mit sich selbst zu verbinden, zu wachsen und das eigene Verhalten an dieser Verbindung auszurichten. Dann wird man in einer Weise ehrlich zu sich selbst, die tief und unumstößlich ist. Es ist eine Reise zu sich selbst, eine Reise der Selbstannahme und erkenntnis, in der wir lernen, der Weisheit unserer Intuition zu vertrauen und den Weg zu wählen, der uns in volle Übereinstimmung mit unserem innersten Wesen führt. Auf diesem Weg finden wir eine tiefere Verbindung zu uns selbst, die uns zu einem Leben führt, das die wahre Essenz unseres Seins widerspiegelt.

Erinnerst du dich noch an den Moment, als ich dir erzählte, wie das Leben mich zu einem Regisseur meiner eigenen Geschichte gemacht hat? In meinen späten Zwanzigern fiel ich in ein tiefes Loch, nur weil ich den Fehler beging, das Leben zu führen, von dem andere glaubten, es sei das beste Leben für mich. Ein Leben, das mit einem schicken Loft, einem luxuriösen Auto und all den materiellen Besitztümern lockte, die man sich mit Geld erkaufen kann. Damals klammerte ich mich an die Sicherheit wie an ein rettendes Seil und suchte nach Gründen, mir einzureden, dass dieses Leben das richtige für mich sei. Ich erinnere mich genau an den Moment, als mein bester Freund mich anrief und fragte, warum ich einen so gut bezahlten Job einfach hinter mir lasse. Doch ich fand den Mut, allen Argumenten und dem geschickten Werben zu widerstehen. Wie ich es geschafft habe, mich nicht erschüttern zu lassen? Ich hörte auf, nach den richtigen Worten zu suchen – und begann, dem stillen, unbeirrbaren Flüstern meines Herzens zu vertrauen.

Diese Entscheidung, so klein sie auch schien, führte zu einem Moment der tiefen Überraschung. Dieser erfahrene Mann, der schon viel erlebt hatte, blickte mich an und sagte, dass er genau das Gleiche getan hätte, wenn er mit Ende zwanzig schon gewusst hätte, was er heute wisse. Es ist faszinierend, wie eine scheinbar unbedeutende Entscheidung eine solch positive, weitreichende Wirkung haben kann.

Schnappi, du hast so recht. Deine Worte durchdringen mich. Du bringst eine tiefe Wahrheit ans Licht, die oft im Schatten unserer täglichen Wahrheiten fast verborgen bleibt: dass wir uns die Zeit nehmen sollten, unsere Träume zu leben, nicht erst morgen, sondern gerade heute. Wir betreten diese Welt mit nichts und werden sie genau so wieder verlassen. Manche Menschen begreifen erst mit der Zeit, dass alles, was wir im Leben zu besitzen glauben, lediglich geliehen ist. Einige mögen diese Einsicht niemals erlangen, bevor sie diese Welt für immer verlassen. Für mich bedeutet das Leben nicht, Dinge zu besitzen, sondern das Erleben von Augenblicken und das Sammeln von Erfahrungen. Wahres Glück, so meine Überzeugung, offenbart sich bereits in den kleinen Dingen, wenn wir aufhören, uns mit anderen zu vergleichen, unsere Träume in die Tat umsetzen und selbst dann mit leichtem Gepäck reisen, auch wenn es dreißig Kilo wiegt.

An jenem letzten Abend, als du für immer eingeschlafen bist, trugst du das strahlendste Lächeln, das meine Augen je gesehen haben. In unserem kleinen Raum, erfüllt von einer erstaunlichen Harmonie, erlebte ich das Lächeln eines Körpers, dessen Seele bereits weitergezogen war, ein Abschied, der ohne Reue akzeptiert wurde. Ein erfülltes Leben mit all seinen Höhen und Tiefen, Fehlern und glücklichen Momenten manifestierte sich im demütigen Lächeln eines weisen Hundes, der sein Dasein so gelebt hat, wie es ihm vorbestimmt war. Dieses Lächeln erinnerte mich an die Unbeschwertheit, die man normalerweise nur bei einem schlafenden Kind sieht. Mit deinem letzten Atemzug hast du mir, mein Seelenbruder, eine überaus bedeutende Lektion übermittelt, die ich mir wünsche, eines Tages zu verstehen: die Lebensfreude zu bewahren, bis der Tag gekommen ist, an dem auch ich diese Welt verlasse. So zu leben, dass ich, wenn dieser Moment anbricht, das Gefühl habe, nicht nur ein Leben, sondern tausend gelebt zu haben.

Dieser weitverbreitete Glaube, sich anzupassen, Schnappi, ist wie ein unsichtbares Band, das uns an die gesellschaftlichen Erwartungen fesselt. Es ist das Drängen, sich in ein Bild zu pressen, das uns ständig vorgezeigt wird – jenes Bild, das wir bereitwillig tragen, nur um dazuzugehören. Diese lähmende Angst, ausgeschlossen zu werden, wenn wir uns nicht der Masse anschließen, diese Panik, keine Einladung zu erhalten oder falsch gekleidet zu sein, macht uns blind für das, was wirklich zählt. Wir messen uns an Standards, die uns die Modewelt und die Urteile anderer auferlegen.

Denke an das Bild eines Models, das mit makelloser Erscheinung über den Laufsteg schreitet, in Kleidern, die von den größten Designern geschaffen wurden. Der Moment scheint zu glänzen, doch der Schein trügt. Hinter dem Glamour steckt die bittere Wahrheit, dass diese Frauen Gefangene ihres eigenen Körpers, ihrer Erscheinung, ihrer ständigen Jagd nach Perfektion sind. Ein einziger verlorener Schritt, und sie sind dem Druck der Magersucht ausgeliefert. Doch wenn wir in die Vergangenheit blicken, entdecken wir in den Gemälden alter Meister Frauen, die als »füllig«

galten und deren Körper als Ausdruck von Schönheit und Fruchtbarkeit verehrt wurden. Was können wir also daraus lernen?

Wenn wir uns die Wandlungen der Zeit ansehen, sehen wir, wie die Gesellschaft in jedem Jahrhundert neue Maßstäbe für Schönheit setzt. Es ist fast wie ein unsichtbarer Krieg – ein Bombardement aus Bildern, die uns vorschreiben, wie wir auszusehen haben, wie wir uns zu kleiden haben, was wir tun dürfen und was nicht. Wir werden in ein Gefängnis gesteckt, das uns ständig in den Wettbewerb mit anderen zwingt. Dabei verlieren wir oft aus den Augen, was wirklich zählt, Schnappi: wie wir uns selbst fühlen, was uns wirklich erfüllt und was uns wahres Glück bringt – auch in der Wahl, wie wir uns kleiden und uns selbst zeigen.

Ich erinnere mich daran, wie ich als internationaler Künstler plötzlich das Gefühl hatte, nur dann anerkannt zu werden, wenn ich einen teuren Anzug, elegante Schuhe und eine schicke Uhr trug. Erinnerst du dich, Schnappi, als du zu mir gesagt hast: »Sie wollen mit dir fotografiert werden, Pierre, weil sie dich als Ikone sehen. Sie haben dich unbewusst auf ein Podest gestellt. Aber du weißt, dass das nicht deine wahre Identität ist. Sei vorsichtig! Du könntest anfangen, ihre Meinung als deine eigene zu übernehmen. Und dann würdest du dich wieder in ein Leben verstricken, das nicht zu dir gehört.«

»Ich weiß, du hast es auch gehört, Schnappi. Und aus dieser Erfahrung haben wir gelernt: In jeder Lebenslage, sei es die Wahl eines Berufs oder die Entscheidung, sich schöne Kleider zu gönnen und sich gut zu kleiden, sollten wir stets danach streben, Dinge zu tun, weil sie uns glücklich machen, und nicht, um andere zu beeindrucken.«

Ach, Schnappi, auf dem Weg zu wahrer Ausgeglichenheit im Leben liegt es an uns, uns auf Prinzipien zu stützen, nicht auf bloße Traditionen. Doch warum halten so viele Menschen an der Vorstellung fest, dass die »gute, alte Zeit« stets in der Vergangenheit verweilt? Überall höre ich diese Sehnsucht danach, als würde sich die Welt unaufhörlich zum Schlechten verändern. Warum fällt es uns schwer zu erkennen, dass gute und schlechte Zeiten lediglich Teile des ewigen Kontinuums von Vergangenheit, Gegenwart und Zukunft sind? Diese Frage beschäftigt mich, Schnappi, und ich finde keine klare Antwort darauf. Was ich jedoch weiß, sind meine eigenen Gedanken, die aus dem Leben entspringen, das ich führe und geführt habe. Das Leben erscheint mir wie die wechselnden Jahreszeiten. Der Frühling repräsentiert unsere Kindheit, der Sommer bricht an, wenn wir beginnen, nach unseren Träumen zu greifen. Der Herbst symbolisiert jene besondere Zeit, in der wir innehalten, uns zurücknehmen und über unser bisheriges Leben nachdenken, über das Erreichte, die begangenen Fehler und die gewonnenen Erkenntnisse. Vielleicht haben uns negative Erfahrungen und Fehler ein wenig weiser gemacht, uns für kommende Herausforderungen gestärkt. Wir erinnern uns an die Zeiten, in denen uns andere verletzt haben, genauso wie an das Glück dieser magischen Momente, die auch nach langer Zeit noch in den Fotoalben unserer Erinnerungen festgehalten sind.

Wenn ich einen Blick zurückwerfe, mein lieber Schnappi, und mir Zeit nehme, um durch die Erinnerungen an all die Höhen und Tiefen zu wandern, die mir im Leben begegnet sind, spüre ich tief in meinem Herzen, dass die wahre Schönheit des Daseins in jedem Lebensabschnitt aufleuchten kann. Die Magie liegt in unserer Einstellung zum Leben, einem kostbaren Geschenk, das uns ständig erneuert. In diesem besonderen Moment, während ich das Versprechen einlöse, das ich dir einst gegeben habe, und meine Gedanken in Worte fasse, eröffnet sich vor meinem Zelt ein atemberaubendes Panorama eines majestätischen Meeres. Segelboote tanzen sanft auf den Wellen, begleitet von einem Lied, das unsere gemeinsamen Erinnerungen umarmt, während der Duft von frisch gebrühtem Kaffee die Luft erfüllt.

Schnappi, das Leben, voller Höhen und Tiefen, Herausforderungen und wunderbarer Augenblicke, wird in meinem Rückblick auf immer präsent bleiben. Du, mein treuer Begleiter, hast mir die kostbare Erkenntnis geschenkt, dass die Zeit nicht von äußeren Umständen abhängt, sondern von unserer inneren Haltung. Der Schlüssel zu einem erfüllten Leben liegt in unserer Seele, unabhängig vom Alter. Ob unser Lebensglas halb voll oder halb leer ist, entscheidet sich durch die Art, wie wir denken und handeln. Das Annehmen von Gutem und Schlechtem als untrennbare Gefährten des Lebens prägt unsere Sichtweise. Eine positiv durchtränkte Grundhaltung, das Vergessen von Dunkelheit und die bewusste Erinnerung an die funkelnden Lichtblicke, die uns das Leben geschenkt hat, sind dabei von zentraler Bedeutung. Es geht darum, aus Fehlern zu lernen, sich selbst im Spiegel mit einem zufriedenen Lächeln zu begegnen und Freude an dem zu empfinden, was wir reflektieren. Am Ende ernten wir, was wir in die Welt gesät haben, lieber Schnappi. In der Geschichte der Welt ist unsere Lebenszeit nur ein flüchtiger Augenblick. Die Welt verändert sich fortwährend, nicht zwangsläufig zum Besseren oder Schlechteren, sondern in einem beständigen Fluss. Dies zu akzeptieren, ist eine tief verwurzelte Lektion, die ich in meinem Innersten gelernt habe und die mein Herz mit einer Mischung aus Wehmut und Dankbarkeit erfüllt.

»Und was bedeutet der Winter, Pierre?«, hast du mich einst gefragt. Dieses Wort habe ich aus meinem Wortschatz gestrichen, wenn ich über das Leben sinniere. Ich habe Hoffnung, und mit jeder Faser meines Seins werde ich kämpfen, dass der Winter nie wieder meine Tage verdunkelt, lieber Schnappi. An deine Tür hat der Winter niemals angeklopft, denn du hast bis zur allerletzten Sekunde jedes einzelne Atemholen deines Lebens mit solcher Leidenschaft genossen.

Der wahre Sinn meines Lebens …: In wie vielen stillen Nächten und bewegenden Momenten haben wir uns diese Frage gestellt, Schnappi? Wie oft hat uns dieses Rätsel um den Schlaf gebracht? Der Sinn des Lebens, diese zeitlose Frage, die seit den ersten Gedanken eines Menschen auf Erden in der Luft liegt. Warum sind wir hier? Wer sind wir wirklich? Was verleiht unserem Dasein eine tiefere Bedeutung? Wie oft haben wir nach Antworten gesucht, getrieben von der Sehnsucht nach einem tieferen Verständnis für das, was es bedeutet, am Leben zu sein?

In der kostbaren Entdeckung des Lebenssinns haben wir erfahren, dass Antworten nicht in der Komplexität vergraben sind, sondern in einer intensiven Reise zu unserem innersten Selbst liegen. Es ist eine Reise, auf der wir die Fesseln sprengen, die uns an ein Leben binden, das nicht im Einklang mit unserer wahren Essenz steht. Ein Weg, der uns aus dem Labyrinth der Verwirrung führt und uns zu unseren innersten Träumen geleitet, die tief in unserer Seele ruhen. Die Suche nach dem wahren Sinn des Lebens, mein lieber Schnappi, ist eine emotionale Reise von höchster Intensität. Es ist eine Reise, die uns mit Freude erfüllt und zugleich mit Tränen der Erkenntnis benetzt. Sie trägt uns durch die Höhen und Tiefen unserer Existenz und offenbart die zarten Nuancen unseres Menschseins. Es ist eine Reise, in der wir uns von den Seiten des Lebensbuches führen lassen, in dem unsere Träume zärtlich niedergeschrieben sind und die uns letzten Endes zu unserem eigenen Schicksal geleiten.

Diese Reise ist nicht nur lang und manchmal beschwerlich, sondern sie ist der Schlüssel zu einer tiefen Verbindung mit dem wahren Sinn unseres Seins. In jedem Schritt, in jeder Träne, in jedem Lächeln auf dieser Reise spüren wir die Poesie des Lebens, die uns in unserer Essenz berührt und uns tiefer in die Schönheit unserer Existenz führt.

Ach, wie sehr vermisse ich unsere Gespräche, mein innig geliebter Schnappi! Jeder Wortaustausch war wie eine sanfte Berührung, die die Einsamkeit vertrieb und uns in einen Kokon aus Vertrautheit hüllte. Deine Worte waren wie zarte Melodien, die meine Seele zum Schwingen brachten und mein Herz mit einem Gefühl von Wärme durchfluteten. In den Momenten unserer Unterhaltungen fand ich Trost, Freude und eine Verbindung, die tief in meine Seele eindrang. Wie sehr sehne ich mich nach den Stunden, in denen wir gemeinsam in die Tiefen unserer Gedanken abtauchten, in denen Worte zu Gefühlen wurden und wir die Magie des Lebens durch unsere Gespräche spürten! Deine Abwesenheit schafft eine Leere, die kein anderes Gespräch je zu füllen vermag. Die Erinnerungen an unsere Dialoge genieße ich sehr, während die Sehnsucht nach dem Klang deiner Stimme und der Zauber unserer Worte meine Gedanken durchdringen.

Zuerst einmal ist es von größter Bedeutung, sich von den Fesseln all der Regeln und Traditionen zu befreien, die uns über die Jahre von der Gesellschaft auferlegt wurden. Stell es dir vor wie den Genuss von Frischkäse: Man genießt ihn von oben bis unten. Doch während man sich Löffel für Löffel nach unten bewegt, wird einem schmerzlich bewusst, dass der Becher sich leert. Spirituelles Wachstum ist oft von schmerzhaftem Leid begleitet. Bei jeder bedeutenden Entscheidung schleicht sich unweigerlich auch Trauer ein. Man wird stolpern, vielleicht sogar fallen, doch das ist

Teil des Prozesses. Um zwei Schritte vorwärtszukommen, braucht es manchmal den schmerzlichen Schritt zurück. Das Herz hat seine eigene Logik, die nicht immer den scheinbar richtigen Schluss zieht. Und du, lieber Schnappi, hast mir gezeigt, dass man das verstehen soll. Um klar zu sehen und der eigenen Seele näherzukommen, gilt es zuerst zu spüren, was das Herz nicht länger tragen will.

»Kämpfe nicht gegen dich selbst an«,

hast du immer zu mir gesagt, Schnappi. Werde dein bester Freund und vertraue dir selbst, denn du bist der einzige Begleiter, der ein Leben lang bei dir ist. Du bist der beste Wegweiser zu dem einzigartigen Stern, den du suchst. Und dann, in einem Moment der tiefen Verbindung mit der Welt, sei es am Strand, auf einer Wiese oder unter einem funkelnden Sternenhimmel, entdeckst du deinen eigenen, ganz persönlichen Stern.

Die Reise beginnt, Schnappi, den wahren Sinn deines Daseins zu entdecken. Mit jedem Schritt wird der schwere Mantel des Zweifels leichter. Du weißt nicht, ob du vorwärts oder rückwärts gehst, aber der Weg, der sich im Einklang mit deinem Herzen offenbart, wird immer klarer. Der dichte Dschungel der Unsicherheit beginnt sich zu lichten, und der laute Lärm, der die zarte Stimme deines Herzens überschattet hat, verblasst langsam. Eines Tages wirst du einen Weg vor dir sehen, der kein Ende zu kennen scheint, einen Weg, der dich tief in dich selbst hineinführt.

Das Leben ist wie ein leeres Buch, dessen Seiten darauf warten, von dir beschrieben zu werden. Mit jedem Schritt hinterlässt du deine Geschichte im Boden, auf den grünen Wiesen und den weichen Pfaden. Bald wirst du keine Schuhe mehr brauchen, denn barfuß wirst du den wahren Sinn des Lebens nicht nur erkennen, sondern in jedem Atemzug, in jeder Bewegung spüren. Und dann, dann wirst du bereit sein, deine Flügel auszubreiten und dich auf das größte aller Abenteuer einzulassen – die wahre Bedeutung von Liebe. Das habe ich von dir gelernt, Schnappi, und es ist das, was ich seither zu leben versuche.

Warum, mein lieber Schnappi, hetzen wir so durchs Leben? Warum eilen wir ständig, immer zu spät, während die Welt an uns vorbeizieht? Wann haben wir aufgehört, die Magie des Augenblicks zu fühlen? Warum haben wir vergessen, unsere Träume zu leben? Die Welt verlangt von uns ständig mehr – Wettbewerb, Erfolg, Hektik, und dabei vergessen wir oft, innezuhalten. Ich war ein Teil davon und glaubte, unersetzlich zu sein. Doch heute frage ich mich: War all diese Eile wirklich den Verlust der echten Lebensfreude wert? Wofür haben wir uns abgehetzt? Hatten wir einen geheimen Pakt am Tag unserer Geburt, der uns zu diesem endlosen Rennen zwang? Und warum? Ein neuer Künstler wird kommen, wird meinen Platz einnehmen. Inmitten des ständigen Tumults haben wir die Stille vergessen, den Blick für das Wesentliche, das Einatmen der Schönheit des Augenblicks. Vielleicht ist es endlich an der Zeit, langsamer zu werden, die Träume zu leben und die wahre Bedeutung des Lebens zu spüren, bevor es zu spät ist.

Mein lieber Schnappi, ich durchlebte viele Jahre in dieser düsteren Erdenhölle, jedoch zum Glück nicht allzu viele. Ich zählte zu den Auserwählten durch dich, die eines Tages erkannten, dass das Leben mehr birgt als die vorgefertigte Schablone: Ausbildung, Job, hart arbeiten, heiraten, Kinder und, wenn das Schicksal einem hold ist, Enkel. Dann die Rente, das stille Beobachten der eigenen Kinder, wie sie denselben endlosen Zyklus durchlaufen. Ein repetitives Muster, das die Seele erdrückt. Doch ich erinnere mich an deine weisen Worte, Schnappi, in einem unserer kostbaren Gespräche auf unserem Balkon unter einem Himmel aus Sternen. Du sagtest, diese Lebensweise sei keine Fessel, sondern eine persönliche Entscheidung. Es sei nichts verkehrt daran, solange man das Gefühl habe, dass dies der Sinn des eigenen Lebens sei. In diesen Worten fand ich die Zuversicht, die Schleifen zu durchbrechen und dem Ruf meines Herzens zu folgen.

Wie sehr du recht hattest, mein lieber Schnappi! Durch dich erkannte ich endlich, dass es nicht falsch ist, diesen oder einen ganz anderen Weg zu gehen, solange es das ist, was ich aus meinem Leben wirklich machen möchte, und ich dabei die Meinungen anderer außer Acht lasse. Doch wir entdeckten auch, dass es viele verschiedene Wege gibt, ein erfülltes Leben zu führen. Auf meinen Reisen um die Welt konnte ich sehen, dass Menschen in anderen Ländern ganz anders leben als wir im Westen, wo uns bestimmte Standards vorgegeben werden. Auf den Seychellen haben die Ureinwohner keine Fernseher, keine iPods und kein sonstiges technisches Gedöns. Und dennoch sind die Menschen in diesen scheinbar fernen Ländern dem wahren Sinn des Lebens so viel näher. Sie gehen langsamer, arbeiten nicht so viel, nehmen sich Zeit für ihre Familie und sogar für sich selbst. Ein Blick in ihre strahlenden Augen reicht, um die Tiefe ihrer Erfüllung zu spüren. Eine wundervolle Aura aus innerer Ruhe und Gelassenheit umgibt sie.

Du, mein geliebter Schnappi, hast mir geholfen zu verstehen, dass wir nackt und ohne Besitz auf diese Welt kommen und sie genau so wieder verlassen. Uns bleibt allein die Erinnerung an die Träume, die wir verwirklicht haben, und an die Menschen, denen wir auf unserer Reise durchs Leben geholfen haben, um diese Welt zu einem besseren Ort zu machen. Und wenn uns das Glück gnädig ist, entschlummern wir mit jenem zauberhaften Lächeln, das ich in deinen Augen sah, als du aus dieser Welt schiedst.

Einmal hörte ich eine Weisheit von dir, die seitdem in meinem Herzen wohnt: »Als du geboren wurdest, hast du geweint, und die Welt hat gelächelt. Wenn du einmal gehst, mögen alle weinen, während nur du als Einziger lächelst.«

Wenn wir beide etwas begriffen haben, mein geschätzter Schnappi, dann dies: In unserer Welt gibt es zwei Arten von Menschen: diejenigen, die geben, und jene, die nehmen.

Über dieses Thema führten wir oft tiefgründige Gespräche, und das offene Buch des Lebens bestätigte unsere Erkenntnisse.

Menschen, die gerne geben, fühlen sich reich durch das, was sie besitzen. Sie hegen keinen Groll gegen das Leben, betrachten es vielmehr als eine Gabe, die in Ehren gehalten werden sollte. Diese bescheidenen Seelen freuen sich, wenn sie ohne Gegenleistung für andere da sein können. Sie sind die wahren Hüter der Hoffnung und der Einfachheit des Lebens. In Harmonie leben sie und schätzen aufrichtig all das, was ihnen zuteilwird. Und wenn das Leben ihnen mehr schenkt, als sie je erwartet haben, empfinden sie den Drang, diesen Überfluss mit anderen zu teilen. Warum gibt es solche Menschen, Schnappi? In einer Welt, die mitunter so brutal und egoistisch sein kann, wie können diese wundervollen Wesen jeden Sturm und jedes Problem meistern, das ihnen auf ihrer Lebensreise begegnet? Immer lächeln sie, in guten wie in schlechten Zeiten, immer geben sie, ohne etwas zurückzuerwarten. Ihr Wille zu helfen ist stärker als ihre eigenen Bedürfnisse. Leider werden solche Menschen in unserer mitunter habgierigen Welt ausgenutzt. Dennoch machen sie immer weiter, auch wenn sie manchmal enttäuscht sind. Sie geben und vergeben, immer mit einem Lächeln auf den Lippen. Überall auf der Welt bin ich solchen Menschen begegnet, Schnappi, einfachen Menschen, die entdeckten, dass sie eine Mission erfüllen, sei es auch nur, einen Laib Brot zu teilen. Ohne sich dessen bewusst zu sein, sind sie von großer Bedeutung.

Sie handeln selbstverständlich, auch wenn niemand zuschaut. In meinen Augen machen sie sich ihr eigenes Paradies hier auf Erden. Sie erwarten nichts von anderen. Das macht sie zu einem wahrhaft besonderen Völkchen.

Und dann gibt es diejenigen, die ausschließlich nehmen. Diese Menschen steuern missmutig einen Kleinwagen und werden neidisch, wenn sie jemanden in einer Luxuskarosse sehen. Tratsch ist nicht nur ihre bevorzugte Kommunikationsform, sondern auch ihre Währung des sozialen Austauschs. Immer schieben sie anderen die Schuld für ihre eigenen Probleme zu, als wäre die Welt für ihr Missgeschick verantwortlich.

Sie leben in ständiger Konkurrenz mit anderen, doch dabei entgeht ihnen, wie ihre eigene Zeit rücksichtslos davonläuft. Eines Tages werden sie die schmerzhafte Erkenntnis nicht vermeiden können, dass sie zu viel kostbare Lebenszeit damit verschwendet haben, das Leben anderer zu kritisieren, anstatt selbst Verantwortung zu übernehmen. Menschen, die nur nehmen, sind nicht nur egoistische Schmarotzer, sondern auch blinde Kritiker, die in ihrer Gier nach Vergleichen und Vorwürfen ihre eigene moralische Integrität verlieren.

Mein geliebter Schnappi, du warst stets ein großherziger Geber. Deine Liebe, bedingungslos und warm wie ein Sonnenstrahl, hast du jenen geschenkt, die deiner Meinung nach mehr benötigten als du. In den Zeiten des Überflusses hast du nicht nur materiellen Reichtum geteilt, sondern auch die zärtlichen Ströme deiner Seele. Als die Zeit des Abschieds gekommen war und ich deine Pfote hielt, blicktest du ein letztes Mal durch das offene Fenster unseres kleinen Zimmers auf einen gewöhnlichen Sonnenuntergang. Trotz der Schwäche, die deinen Körper umfing, empfandest du nicht nur Freude, sondern wahre Liebe für dieses einfache Schauspiel.

Dann entschlummertest du für immer, mit einem Lächeln auf den Lippen, das in meinem Herzen verweilt und das mich begleitet, solange ich atme.

Du warst ein wahrer Geber, Schnappi, ein leuchtender Stern, dessen Großzügigkeit und Liebe die Dunkelheit erhellt haben. Dein Vermächtnis trägt die Tränen meiner Trauer, die für dich fließen, aber auch die Tränen der Dankbarkeit für die Zeit, die wir teilen durften. Du fehlst, und doch lebst du ewig in den Erinnerungen, die in meinen Tränen aufleuchten.

In den Tiefen unserer Seelen erkannten wir, Schnappi, dass ein friedlicheres Leben möglich wäre, wenn wir uns von gewissen Gefühlen und Handlungen befreien würden. Die Schatten von Groll, Konkurrenz, Neid, Gier, Hass und Rache fanden keinen Platz mehr in unserem Leben. Stattdessen erfüllten uns Worte wie Vergebung, Demut, Akzeptanz, Verständnis, Geduld und Toleranz und schenkten uns die Werkzeuge für ein harmonisches Miteinander. Später wurde uns klar, dass das größte Geschenk darin besteht, bedingungslos zu geben, ohne etwas im Gegenzug zu erwarten. Dieses Geschenk ist kostbarer als alles andere, was das Leben uns bieten kann.

Mein großartiger Gefährte, gewisse Worte sollten vielleicht nicht existieren, aber sie tun es dennoch. Du hast mir geholfen, diese Worte aus meinem Leben zu verbannen und mich immer vorwärtszubewegen. Die Angst sollte niemals die Flügel unserer Träume stutzen.

Wie glücklich und treu wir uns selbst waren!

Doch auch wenn wir im Licht der Liebe wandelten, konnte die Dunkelheit der Angst manchmal über mich hereinbrechen, besonders wenn das Risiko in den Horizont wuchs. Ich erdachte Ausreden, um mich meinen Ängsten nicht stellen zu brauchen. Doch du, lieber Schnappi, hast mich durchschaut. Du nahmst mich in den Arm und fragtest: »Wovor hast du Angst, Pierre?« Ich wollte ausweichen, doch deine Augen durchdrangen meine Ausflüchte. Sie leuchteten wie Sterne in der Nacht oder wie der strahlende Sonnenaufgang an einem klaren Morgen.

Du sagtest: »Die Angst darf niemals deine Träume behindern, Pierre.«

Die Stimme meines Herzens erinnerte mich an deine Worte:

»Der einzige Unterschied zwischen einem Feigling und einem Helden in gefährlichen Situationen ist: Der Feigling rennt weg, der Held bleibt, auch wenn sie beide die gleiche Angst verspüren.«

Ich renne nie weg!

Es ist erstaunlich, Schnappi, wie kleine Schritte die Glaswände der Angst einstürzen lassen können, sobald man sie durchbricht. Ich bin überglücklich, denn ich weiß nun, dass ich meine Ängste überwinden kann. Ich stelle fest, dass ich mit dieser Haltung jeder Gefahr und jeder Herausforderung, vor die mich das Leben stellt, mutig begegnen kann. Manchmal gewinne ich, manchmal verliere ich. Aber vor keiner Gefahr werde ich mich jemals wieder verstecken. Das ist es, was du mich gelehrt hast, Schnappi. Und in dieser Erkenntnis liegt unsere gemeinsame Stärke und unser unendliches Band der Liebe. Die Tränen, die nun fließen, sind nicht nur Zeichen der Trauer, sondern auch der tiefen Dankbarkeit für die kostbaren Augenblicke der Liebe und des Wachstums, die du in mein Leben gebracht hast. Du lebst weiter in den Erinnerungen, die in diesen Tränen glänzen. Das wissen wir beide, Schnappi.

Warum fürchten wir uns so vor dem Tod, Schnappi? Dem letzten Atemzug? Warum haben so viele Menschen unterschiedlicher Religionen trotz ihres Glaubens an ein Leben nach dem Tod solche Angst, diese Welt zu verlassen, wenn ihre Zeit gekommen ist?

Ich wuchs in einer katholischen Familie auf. Als Kind besuchte ich sehr oft die Kirche, betete vor dem Einschlafen und führte stille Gespräche mit Gott, besonders in einsamen Momenten. Mit zunehmendem Alter und während meiner Reisen sah ich jedoch so vieles, was meine Glaubensüberzeugungen infrage stellte. Auf meinen Reisen offenbarte sich mir die faszinierende Vielfalt der Religionen auf dieser Welt. In manchen darf der Priester heiraten, während andere die Darstellung von Heiligenstatuen und Bildern untersagen. Es existieren Glaubensrichtungen, die vollständig auf die Verehrung von Heiligen verzichten. Und dann begegnete ich jenen bewundernswerten Menschen, die bereit sind, auf materiellen Besitz zu verzichten, um das Nirwana zu erreichen. Das Nirwana verspricht eine Stufe der Erkenntnis, auf der vollkommene innere Ruhe und endgültiger Seelenfrieden einkehren, ohne weiteren Bedarf an Materiellem.

Warum also ist der Tod so zutiefst betrüblich? Warum lassen wir Tränen bei einem Begräbnis, wenn wir doch glauben, dass der Verstorbene nun an einem erhabeneren Ort weilt?

Haben wir nicht ein tugendhaftes Leben geführt, anderen Respekt erwiesen und uns an Prinzipien gehalten, um schließlich an den Ort zu gelangen, den die Katholiken als »Himmel« bezeichnen? Wenn jemand von uns geht, fließen meine Tränen nicht nur wegen des Abschieds von der physischen Präsenz, sondern auch, weil ich diesen Menschen zutiefst vermissen werde. Genauso habe ich geweint, als ich dich in meinen Armen hielt, Schnappi. Nun kann ich dich nicht mehr rufen, nie wieder mit dir lachen oder meine innersten Gedanken mit dir teilen. Daher weinte ich.

In manchen Religionen wird der Tod als ein freudiges Fest zelebriert. Die Menschen lachen und sind fröhlich, denn der Verstorbene weilt nun an einem noch schöneren Ort. Solche Rituale habe ich in Singapur und auf Bali miterlebt. Es ist verwirrend, Schnappi, und zeigt, wie facettenreich unsere Gefühle und Bräuche im Angesicht des Todes sein können.

Gibt es denn überhaupt ein Leben nach dem Tod?

Ich glaube tief in mir, dass es mehr gibt. Auch wenn ich keine eindeutigen Beweise dafür habe und wahrscheinlich erst Gewissheit erlange, wenn ich selbst diese Welt verlasse. In der Vergangenheit dachte ich, nach diesem Leben käme einfach nichts mehr; das war ein großer Fehler. Denn dadurch verlor ich den Ansporn, mir Ziele zu setzen und mein Leben in seiner vollen Pracht zu genießen. Die spirituelle Leere, die dadurch entstand, sorgte dafür, dass ich mich im Leben verloren fühlte wie nie zuvor. Unabhängig davon, ob man einer bestimmten Religion angehört oder überhaupt nicht religiös ist, hat mich das offene Buch des Lebens in Situationen gebracht, in denen ich, ohne es wirklich erklären zu können, spürte, dass in jedem Lebewesen etwas Überirdisches wohnt. Etwas, was jeder physikalischen Erklärung durch den materiellen Körper trotzt, in dem wir gefangen sind. Es sind kurze Momente der Erleuchtung, in denen mir klar wird, dass der Tod des Körpers nicht das Ende des Lebens markiert; vielmehr verwandeln wir uns in etwas anderes, etwas Einzigartiges, das Teil der Gesamtenergie des Universums ist. Es ist, als würde man einen flüchtigen Blick auf die tieferen Schichten der Existenz einfangen.

Diese Erkenntnisse haben mein Herz und meinen Geist berührt, und sie verleihen meinem Dasein eine tiefere Dimension. In solchen Augenblicken des Erwachens erfahre ich eine emotionale Verbindung zu etwas Größerem, zu einem universellen Gewebe, das all unsere Leben miteinander verbindet.

Es ist ein Gefühl der Verbundenheit und Sinnhaftigkeit, das über die materielle Welt hinausgeht und mir einen inneren Frieden schenkt, den ich zuvor vermisst habe.

Ich habe keine Überzeugung darüber, dass sich ein Himmel aufmacht, wenn man sich im Leben vorbildlich verhält, oder dass die Hölle auf einen wartet, wenn man sich falsch verhält. Aber was ich zutiefst glaube, ist, dass wir mit den Entscheidungen, die wir treffen, unser Leben entweder zu einem Himmel oder zu einer Hölle formen können. Was nach diesem Leben kommt, bleibt mir ein Rätsel, Schnappi. Doch immer, wenn ich an deinen Frieden denke, in dem du warst, als du von uns gingst, spüre ich, dass da mehr ist. Der Zauber, den ich in der Natur finde, lässt mich fest daran glauben, dass es nach dem Tod einen Ort gibt – einen Ort, an dem alle unsere Träume wahr werden. Dort, so denke ich, werden wir frei sein von den Fesseln unserer vergänglichen Körper und Geister, die uns hier auf Erden gefangen halten und mit der Zeit immer zerbrechlicher werden. Es ist, als ob die Natur mir täglich eine kraftvolle Botschaft übermitteln würde: dass das Leben über den physischen Tod hinausgeht, dass es einen Ort der völligen Erfüllung gibt, an dem wir uns von allen irdischen Ketten befreien können. Deine Abwesenheit, Schnappi, lässt mich tiefer über diese Gedanken nachsinnen, und ich finde Trost in der Vorstellung, dass du nun an einem Ort der Freiheit und grenzenlosen Erfüllung bleibst.

Du hast einmal gesagt, Schnappi: »Wir beginnen im Grunde genommen schon zu sterben, sobald wir geboren werden.« Das berührt mich tief. Wenn mein letzter Tag kommt, werde ich lächeln, so wie du es getan hast, weil ich weiß, dass ich bis zum letzten Atemzug voller Lebensfreude war, auch als meine Stunde schlug und der Abschied nahte. Dann freue ich mich darauf, dich zu sehen und all die Menschen, die schon vorausgegangen sind, auf der anderen Seite zu treffen.

Die Worte über die Verbundenheit mit Schnappi in der Natur und die Achtung vor allen Religionen und gläubigen Menschen treffen mein Herz. Wir haben uns wohl Gott am nächsten gefühlt, wenn wir draußen in der Natur waren. Trotz unserer Ehrfurcht vor Glaubensbekenntnissen und Gläubigen hatten wir beide den Wunsch, das Leben einfacher zu gestalten. Wenn uns jemand nach unserer Religion fragte, antworteten wir einfach: alle und keine. Wir bezeichnen uns lieber als spirituelles Wesen. Den Glauben anderer zu respektieren und selbst respektiert zu werden, ist für mich der Schlüssel zu wahrem Verständnis unter den Menschen, ganz egal, woher sie kommen und woran sie glauben. Es fühlt sich an, als ob wir alle ein Teil eines großen Ganzen wären, vereint durch unsere Menschlichkeit und die faszinierende Vielfalt. In diesen Gedanken finde ich Trost und eine tiefe emotionale Verbundenheit.

Schnappi, das Heute und Jetzt ist mein Lieblingsmoment. Es ist nicht nur eine Zeit des Handelns, Träumens und Teilens; es ist eine Zeit außergewöhnlicher Liebe. Wenn ich in die Vergangenheit zurückblicke, tauchen Erinnerungen an meine Fehler auf, doch gleichzeitig leuchten die wunderbaren Augenblicke auf, die mein Leben in all seiner Tiefe geprägt haben. Ich erinnere mich an die Höhen und Tiefen unserer gemeinsamen Lebensreise, an die lehrreichen Augenblicke und die schmerzhaften Stunden, die uns geformt haben. Doch, Schnappi, ich lasse mich nicht von den Schatten der Vergangenheit einfangen. Das Leben ist zu kurz für Groll und Ärger. Jeder Tag bringt eine Fülle von Möglichkeiten, eine neue Herausforderung, die Welt für vierundzwanzig Stunden intensiv zu erleben und die Freude im Unbekannten zu finden. Jeder Morgen ist ein neuer Lebensanfang, ein Kapitel, das sich vor mir entfaltet, ohne dass ich im Voraus weiß, welche Worte es schreiben wird. Die Vergangenheit liegt hinter uns, und die Zukunft nimmt erst morgen ihren Anfang. Hier stehe ich, atme tief ein und lasse dieses wunderbare Jetzt auf mich wirken, mit dir bei meiner Seite. Diesen Tag werde ich nicht einfach verstreichen lassen, sondern ihn mit all meinen Sinnen und meinem ganzen Herzen auskosten, das hättest du gewollt.

Jetzt ist die Zeit, nicht nur zu handeln, sondern mit Leidenschaft und Hingabe zu leben. Jetzt ist die Zeit, nicht nur ein besserer Mensch zu werden, sondern ein Strahlen in die Welt zu bringen. Liebe ist die treibende Kraft, und ich verspüre den Drang, das zu tun, was ich liebe, und anderen dabei zu helfen, ihr eigenes Glück zu finden. Das Leben ist kostbar, und ich bin fest entschlossen, es in all seinenen Emotion und seiner Tiefe zu erfahren.

In einer Welt, in der keiner von uns mit Sicherheit sagen kann, was die Zukunft bereithält, mag es sein, dass für manche von uns das Morgen nie anbricht, vielleicht auch nicht für mich. Daher gibt es keine Entschuldigung und keine Ausrede, das Heute nicht zu einem zutiefst bewegenden Abenteuer zu machen.

Gute Zeiten, schlechte Zeiten, all das verblasst in der Bedeutungslosigkeit, mein lieber Schnappi. Doch das, was ich heute tue, will ich mit einer überwältigenden Hingabe und Leidenschaft durchtränken: leidenschaftlich lieben, den Herausforderungen mit einem konstruktiven Geist begegnen, mich immer wieder aufs Neue in das Leben verlieben. Wenn Tränen fließen, dann sollen sie der Regen eines aufrichtigen, traurigen oder glücklichen Herzens sein. Und wenn ich lache, dann möge es klingen wie die wehmütige Melodie einer Lebenssymphonie, die jede Faser meiner Seele berührt. Es gibt also keine Ausrede, heute nicht das zu tun, wonach sich mein Herz sehnt. Wenn ich es versäume, werde ich es eines Tages zutiefst bereuen. Diese schmerzhafte Lektion habe ich aus eigenen Fehlern gelernt – und auch durch dich, mein treuer Begleiter Schnappi.

Heute bin ich mit einem Lächeln aufgestanden. Der Duft von frisch gebrühtem Kaffee umhüllte mich, während ich mich auf den schwarzen Vulkansand setzte und den Sonnenaufgang betrachtete auf dieser wunderschönen Insel. Die Meeresluft strich sanft über meine Haut, und ich verbrachte den Morgen mit einer positiven Einstellung. Als Nächstes werde ich mich in das salzige Wasser stürzen, um mich zu erfrischen, und dann liegt der ganze Rest des Tages vor mir! Vielleicht gönne ich mir ein Schläfchen oder rufe meinen Zwillingsbruder an, den ich schmerzlich vermisse. Vielleicht mache ich einen Spaziergang, um meine Seele zu beleben.

Jetzt möchte ich jedoch mit dem Schreiben innehalten, denn genau das habe ich, in diesem Augenblick, beschlossen: Ich habe den Worten eine tiefe Bedeutung verliehen und sie in Gedanken verwandelt. Mein Herz hat gesprochen, so, wie ich es dir versprochen habe, mein lieber Schnappi.

Mein Seelenverwandter.
Mein bester Freund.
Mein Leben.

Zwischen uns hat sich eine unvergleichliche Verbindung entfaltet, eine tiefe Liebe, die ohne das Öffnen meiner Augen für die Schönheit dieser Welt nie möglich gewesen wäre. Du, Schnappi, bist der lebendige Spiegel meiner Lebensreise, weitaus weiser und reifer, als ich je sein werde. Und dennoch hast du stets die kindliche Spielfreude bewahrt. Durch dich habe ich die wertvollsten Lektionen des Lebens gelernt. Doch du hast nie etwas im Gegenzug verlangt. Das ist wahre Liebe. In deiner Gegenwart fand ich stets Trost, Geborgenheit und Sicherheit. Du, Schnappi, hast meine Tränen und Glücksmomente geteilt. In besten und schlechtesten Zeiten, beim Schwimmen, bei Spaziergängen oder in ruhigen Momenten fühlte ich tief in meinem Herzen, dass wir eins waren. Dein Schnarchen wurde zum Lied meiner Seele, und jeder Augenblick mit dir war ein kostbares Juwel in meiner Erinnerungssammlung. Du, mein treuer Begleiter, warst nicht nur der Hund vor meinen Augen, sondern bist auch jetzt noch das Herz meines Lebens. In deinem Inneren wohnte ein Engel, der zu meinem besten Freund wurde und dem ich mehr verdanke als der gesamten menschlichen Gesellschaft.

Danke dir, mein treuester Schnappi, für all die unausgesprochenen Weisheiten, die du mir geschenkt hast. Du bist nicht nur mein Engel, den ich vor meinen Augen sehe, sondern die unendliche Sonne meines Herzens, ein unendliches Universum von Emotionen, das mich in Tränen der Dankbarkeit und Liebe versinken lässt. Du bist meine Luft, die ich atme, meine Nahrung für die Seele, dein Herzschlag ist mein Wasser. Ein Leben ohne dich ist unmöglich.

Du hast mir einmal erzählt, was das Hunde-Universum dich gelehrt hat, Schnappi: nämlich, »dass der Tag, an dem wir meinen, wir wüssten alles und es gebe für uns nichts mehr zu entdecken oder zu lernen, der Tag sein wird, an dem wir zu sterben beginnen.«

Ja, Schnappi, alles hat einen Anfang und ein Ende.

Du hast mir gezeigt, dass die Welt ein Spielplatz ist, eine Reise voller Glück und Tränen, von der ich mir jedoch wünsche, dass sie niemals zu Ende geht. Meine Liebe zum Leben ist grenzenlos. Dennoch frage ich mich immer wieder, wie wir es geschafft haben, von diesem wunderbaren Glücksgefühl erfüllt zu sein und diesen inneren Frieden gefunden haben.

Du, mein treuer Gefährte, warst mehr als nur ein Haustier. Du bist meine Zuflucht, meine Quelle der Inspiration und mein Lehrer für die kostbarsten Lebenslektionen. Durch deine Augen habe ich gelernt, dass wahre Schönheit in den kleinen Augenblicken des Lebens liegt, in einem simplen Blickaustausch oder einem gemeinsamen Spaziergang. In deiner Gegenwart habe ich die Bedeutung bedingungsloser Liebe verstanden. Du hast mich durch Höhen und Tiefen begleitet, in Momenten der Einsamkeit getröstet und in Augenblicken des Glücks mit mir gejubelt. Du warst da, wenn kein anderer es war, und das ist ein Geschenk, das ich für immer in meinem Herzen tragen werde.

Diese Verbindung zwischen uns geht über Worte und Gesten hinaus. Sie ist eine tiefe, unsichtbare Verbindung, die selbst in der Stille spricht. Es war der sanfte Druck deiner Pfote, wenn du spürtest, dass ich traurig war, und das freudige Wedeln deines Schwanzes, wenn du meine Aufregung bemerktest. Es waren die Augenblicke, in denen unsere Seelen miteinander verschmolzen, und wir einfach nur da waren, ohne dass Worte nötig gewesen wären. Jeder Tag mit dir war nicht nur ein kostbares Geschenk, sondern ein unvergänglicher Schatz, der die tiefsten Ecken meines Herzens berührte. Ich hoffe von ganzem Herzen, dass unsere Reise niemals endet, dass wir weiterhin die Gezeiten des Lebens durchschreiten und irgendwann gemeinsam vollendet werden. Denn du, mein treuester Begleiter, bist nicht nur ein Teil meines Lebens, du bist das pulsierende Herz, das mich am Leben hält. In deiner Gesellschaft habe ich immer eine unendliche Quelle der Freude und Trost gefunden. Du, mein lieber Schnappi, bist der Grund, warum mein Herz in Liebe überfließt und meine Augen in Tränen der Dankbarkeit schwimmen.

Vielleicht sind es die vielen Tränen, die wir im Laufe unseres Lebens vergossen haben, die mich zu dem Menschen formten, der ich heute bin. In den Tiefen unserer emotionalen Abgründe fanden wir Weisheit und die Fähigkeit zu verstehen, dass das Leben trotz aller Rückschläge und Fehler weitergeht. Vielleicht sind es die Narben, die uns an Momente erinnern, in denen wir zerbrochen waren und doch wieder aufstanden. Die Erkenntnis, dass der Tod nicht das Ende, sondern der Beginn eines neuen Kapitels ist, durchdringt unsere Herzen mit einer Mischung aus Trauer und Hoffnung. Vielleicht liegt es daran, dass wir verstanden haben, dass der vermeintliche Besitz, den wir sammeln, nur vorübergehend ist und dass wahres Glück in den einfachen Dingen liegt, die unser Herz berühren. Vielleicht haben wir gelernt, Worte wie Groll, Neid und Eifersucht für immer aus unserem Herzen zu verbannen, um Platz für bedingungslose Liebe zu schaffen. In den Lektionen des Lebens, die uns durch Höhen und Tiefen geführt haben, haben wir erkannt, dass die wichtigsten Dinge tief in unserem Inneren verwurzelt und oft nicht mit logischem Denken zu erfassen sind. Vielleicht betrachten wir das Leben nun wie eine Uhr ohne Zifferblatt, wo die Momente der Erleuchtung und des Verstehens kurz, aber kostbar sind. Doch in der Treue zu unserem Lebensweg erleben wir diese Momente immer wieder, bis sie zu einem festen Bestandteil unseres täglichen Seins werden. Vielleicht haben wir gelernt, unser Leben nach Prinzipien zu gestalten, anstatt uns von traditionellen Erwartungen leiten zu lassen. Vielleicht erkennten wir, dass es manchmal besser ist, falschzuliegen, denn in Fehlern finden wir oft die wertvollsten Lektionen des Lebens. Vor allem aber haben wir verinnerlicht, dass das Retten eines Lebens, selbst des kleinsten und unscheinbarsten, in Wirklichkeit die ganze Welt rettet. Ich komme zum Schluss, Schnappi, während weiterhin unzählige Gedanken direkt aus meinem Herzen, aus jeder Zelle meines Körpers und aus jeder Narbe, die ich an Leib und Seele davontrage, als stumme Zeugen der wunderbaren und auch traurigen Abenteuer meines Lebens und deren Lektionen hervorquellen. Es sind Gedanken und Erfahrungen, die wir so oft miteinander geteilt haben, Entdeckungen, die jedoch oft jeder allein auf seinem eigenen, einzigartigen Lebensweg gemacht hat. Zumindest für mich kann ich sagen: Mein Leben entfaltet sich nicht in der Zukunft, sondern in den Träumen und Dingen, die ich im Hier und Jetzt erlebe, Tag für Tag: ein zauberhafter Sonnenuntergang, ein Kinderlächeln, der sanfte Wind, der mir übers Gesicht streicht. Allein und dennoch vereint mit dir, Schnappi. Durch deine zärtliche Seele sehe und spüre ich das reine, unschuldige Herz, das mir prophezeit, dass jeder Mensch allein auf diese Welt kommt und sie eines Tages wieder ganz allein verlässt. Jeder kann nur die Erinnerungen und Träume mitnehmen, die ihm klarmachen, ob er wirklich das Leben gelebt hat, für das er bestimmt war, ob er tatsächlich den wahren Sinn seines Lebens gefunden hat. Die wahre Herausforderung besteht darin, mir selbst treu zu sein, Schnappi, meinen eigenen Weg zu finden und ihn zu gehen. Dafür sprengte ich die Ketten, die mich behinderten und zwangen, ein fremdbestimmtes Leben zu führen, gefangen in der Angst vor dem Urteil anderer. Ich lernte, zu akzeptieren, dass es zum Menschsein gehört, Fehler zu machen und sie anzunehmen. Ich habe Demut gelernt, Bescheidenheit, habe größten Respekt vor der Natur und vor jedem Menschen. Und ich gebe, ich gebe und gebe und verlange nie etwas dafür. Das ist das schönste Geschenk, das mir das Leben mit dir bereitete. Die fast vollständige Aufgabe materiellen Besitzes ist für mich, Schnappi, von Bedeutung, damit wir uns auf den größten Schatz im Leben konzentrieren können: nämlich auf die Zeit zu leben.

Wenn man endlich erkennt, dass jedes Opfer, jede Anstrengung und jede Träne mit bedingungsloser Hingabe, unbändigem Engagement und grenzenloser Liebe investiert wurde, dann durchdringt einen ein Gefühl, das Worte nur schwer fassen können. Der Rest des Lebens entfaltet sich wie von selbst. Es geht nicht nur darum, Glück zu erfahren, sondern es mit anderen zu teilen, die nicht das gleiche Maß davon gekostet haben. Man sollte begreifen, dass die wahre Liebe zu anderen erst dann erblüht, wenn man gelernt hat, sich selbst aufrichtig zu lieben, so, wie man ist. Die echte Akzeptanz sich selbst gegenüber ermöglicht es uns, jeden neuen Tag als Gelegenheit zu sehen, ein besseres Individuum zu werden, jemand, der vergibt und sich selbst die Möglichkeit zur Vergebung einräumt. Wenn ich heute auf den Weg zurückblicke, den wir gemeinsam beschritten haben, Schnappi, können wir aus tiefstem Herzen sagen:

Wir bereuen nichts. Wir haben unserer Bestimmung folgend gelebt. Wir waren privilegiert genug, die Welt nicht nur durch Bildschirme oder Zeitungen wahrzunehmen, sondern direkt mit unseren eigenen Augen zu erleben. Das Glück führte uns zu wunderschönen Stränden, Orten des Friedens und der Harmonie. Wir erlebten einzigartige, lichtdurchflutete Momente, fernab von großen Menschenansammlungen und losgelöst von gesellschaftlichen Zwängen. So konnten wir die Welt schließlich sehen, wie sie ist. Diese Erinnerungen rühren mich nicht nur an, sondern durchfluten mein Herz mit einer Mischung aus Freude und Melancholie. Denn in jedem dieser kostbaren Augenblicke steckt nicht nur die Schönheit des Erlebten, sondern auch die Erkenntnis, dass das Leben eine Reise ist, die wir voller Leidenschaft und Liebe unternommen haben.

Mein geliebter Schnappi, während ich wieder einsam am Ufer entlangschlendere, sinken meine nackten Füße in den feuchten schwarzen Sand. Jedes Korn erzählt Geschichten unserer kostbaren Zeit. Barfuß, so, wie wir es einst so oft gemeinsam genossen haben. Mein Blick schweift hinaus auf das endlose Meer, den Ort, an dem vor nicht allzu langer Zeit deine Reste in die Weiten des Ozeans überging. Bald schon werde ich bei dir im Meer sein; ich spüre, dass du auf mich wartest.

Verzeih mir, mein geliebte Schnappi, wenn meine Worte nicht ausreichen, um das, was wir gelernt und in unseren Herzen für immer bewahrt haben, angemessen auszudrücken. Es ist leichter, zu fühlen als ein Gefühl in Worte zu kleiden, doch ich habe mein Bestes gegeben, als Mensch kann ich nicht mehr tun. Ich habe versucht, das Versprechen zu erfüllen, das ich dir einst gegeben habe. Doch ich weiß, dass man vielleicht noch besser hätte sein können, dass viel mehr über all das geschrieben werden könnte, was das Leben uns lehrte.

Verzeih mir, Schnappi, falls diese Zeilen Unzulänglichkeiten zeigen. Du sollst wissen, dass jede Silbe direkt aus der Tiefe meines Herzens stammt. Und ich hoffe, das ist so, wie du es dir gewünscht hättest: ein Buch, verfasst von einem einfachen Mann, der, genau wie du, beschlossen hat, sein Leben nach eigenen Prinzipien zu leben, sich nicht den starren Regeln der Gesellschaft zu beugen, in die er hineingeboren wurde. Ein wahrhaftiger, bescheidener Träumer. Genau wie du.

Mit schwerem Herzen halte ich die Versprechen, die ich gegeben habe. Ich hoffe von ganzem Herzen, dass meine Worte dir Freude bereiten, Schnappi. Es ist an der Zeit, vorübergehend Abschied zu nehmen, bis uns das Schicksal erneut zusammenführt. Ich bin überzeugt, dass dein bezauberndes Lächeln weiterhin deine Lippen ziert und dass du mir bei unserem nächsten Wiedersehen diesen magischen Ort enthüllen wirst, an dem du jetzt lebst.

Bevor wir uns trennen, möchte ich dich in Gedanken umarmen. So, wie Seelen es tun – weit entfernt, im Universum der Emotionen, begleitet von einem Lächeln. Während ich hier am Ufer stehe und in den Ozean blicke, verspüre ich die Ruhe und den Frieden nach deinem erfüllten Leben. Mein Herz steht weit offen, als ich leise sage:

Leb wohl, wundervoller Schnappi. Auf Wiedersehen, Schnappi. In der Hoffnung, dass diese Worte in deinem Herzen widerhallen. Freudenvoll erwarte ich den Tag unseres Wiedersehens, liebster Schnappi.

Mit einer umarmenden Seele
Dein Seelenbruder Pierre

Epilog

Mehr als nur einige Monate sind vergangen, seit Schnappi auf der anderen Seite des Regenbogens auf mich zu warten begonnen hat. Die Antworten auf meine Fragen nach dem Leben, nach mir selbst und unserer Liebe sind teils beantwortet.

Während ich vor meinem Computer sitze, denke ich daran, wie es noch vor nicht allzu langer Zeit war, als Schriftsteller noch Papier und Bleistift oder vielleicht eine Schreibmaschine benutzten, um das, was ihre Seele durchdachte, in Worte zu fassen. Wenn ich nun meinen hochmodernen Computer betrachte, Schnappi, und über das Bild des Fortschritts nachsinne, erkenne ich, dass das Leben ein endloser Kreislauf von Veränderungen ist. Veränderungen gehören zum Leben dazu. Wir bleiben nie dieselben, denn die Zeit schreitet voran, und wir bewegen uns mit ihr. Doch trotz all dieser Veränderungen gibt es für mich keinen Zweifel daran, dass bestimmte Gedanken, Stimmen und Botschaften seit Urzeiten dieselbe Sprache sprechen, die alle Generationen verstehen. Manche Gedanken und Botschaften sind zeitlos, und obwohl viele Menschen sie niedergeschrieben haben mögen, existierten sie bereits, bevor der erste Mensch mit einem Bleistift vor einem Blatt Papier saß.

Ich habe entdeckt, wie ich mein Leben führen möchte, und bin mir sicher, dass ich nicht einfach so weitermachen kann wie zuvor. Obwohl ich mit unserer Lebensreise zu Beginn ein Risiko eingegangen bin, habe ich sehr schnell eine andere Lebenseinstellung angenommen. Nun, frei von allen Dingen, mit denen ich mich einst umgeben hatte, wird mir langsam klar, was im Leben wirklich wichtig ist:

Wenn ich meine Erwartungen loslasse, entfaltet sich das Leben wie ein endloser Strom an unerhofften Wundern, die mein Herz auf unerklärliche Weise berühren. Jeden Tag sage ich mir: Ich darf nichts erwarten. Stattdessen bin ich dankbar für all das Wunderbare, das das Leben für mich bereitgehalten hat. Wieder einmal hat mir das Leben etwas noch Tolleres gezeigt, als ich erwartet hatte, einen Schatz, den ich nie gesucht hatte.

Die Luft ist kühl, und die ruhige Oberfläche des Ozeans wirkt wie in einem perfekten Sommer. Die atemberaubende Röte der Sonne und die goldenen sowie silbernen Sprenkel darin spiegeln sich wider. Über mir beginnt der Himmel in tausend prächtigen Farben zu erstrahlen: zartrosa am Zenit, orange vor mir am Horizont, rot wie Feuer um die herrliche Sonne herum, die sich ganz schüchtern zeigt. Die Wolken fangen die ersten Lichtstrahlen ein und verwandeln sie in sanftes Gold.

Ich gehe barfuß durch den schwarzen Sand. Es tut gut, dem Meer so nah zu sein. Bald kommt die Sonne, doch das Wasser ist immer noch sehr kalt. Die Steine hier sind die einzigen Zeugen meiner Wiedergeburt. Ist das nicht merkwürdig?

Ich hinterlasse Spuren im Sand, zart und flüchtig, die der nächste Atemzug der Flut sanft verweht. Kein Zeichen wird bleiben, kein Zeugnis meiner Reise. Doch das ist nicht von Bedeutung, solange ich in meinem Herzen weiß, dass ich hier war, dass ich gelebt habe, dass wir uns nicht an Tage erinnern, sondern an Momente. Und ich weiß, dass dies ein Moment ist, den ich mein Leben lang hüten werde. Denn der Augenblick mag vergänglich sein, doch die Erinnerung wird für immer bleiben.

Ein letztes Mal ließ ich den Blick über das weite Meer schweifen und verlor mich in der überwältigenden Schönheit des Horizonts, wo der klare, türkisblaue Ozean mit dem strahlenden Blau des Himmels verschmolz. Ein sanftes Lächeln umspielte meine Lippen. Es war an der Zeit, Abschied zu nehmen von dem schwarzen Vulkansand, der mir für zwölf Tage und zwölf Nächte alleiniger Begleiter gewesen war. Ich glaube mit ganzer Seele an dieses Meer, das vor mir glitzert, unabhängig von meinem Alter. Ich weiß, dass ich noch jung bin, ich weiß, dass Schnappi immer bei mir ist, denn die Schönheit der Welt versetzt mich noch immer in Erstaunen. Die Wellen sind alterslos wie wir Träumer auch.

Die Zeit setzt sich aus Momenten zusammen, nicht aus Tagen, Monaten, Jahren. Und dies ist zumindest für mich ein zeitloser Moment. Der Wert einer Erfahrung liegt nicht in ihrer Dauer, sondern in ihrer Intensität. So wird es immer unvergessliche Augenblicke, unbeschreibliche Situationen und unvergleichliche Menschen und Tiere geben. Nur wenn ich demütig bin, in der wahren Bedeutung des Wortes, kann ich für immer Frieden im Herzen finden. Wie du mich gelehrt hast, Schnappi.

Die Morgenröte der Sonne erstrahlt am Horizont, als ich ein letztes Mal den schwarzen Sand betrachte und dem majestätischen Spiel der Wellen gegen die Felsen lausche. In diesem Moment danke ich dir, Schnappi, und der Sprache der Wahrheit.

Endlich erkannte ich, dass ich dank dir, lieber Schnappi, die Sprache der Wahrheit für immer wiederentdeckt hatte. Eine Sprache, der ich für den Rest meines Lebens treu bleiben würde, die mich zu einem wahrhaftigen Menschen formen würde, der im harmonischen Einklang mit dem Universum leben möchte. Ich gewährte mir selbst die Erlaubnis, jener Stimme in mir zu lauschen, die bisher ruhend schien, doch bereit war, laut und deutlich zu sprechen, im Abstimmung mit meinem wahren Selbst.

Lasst euch von dieser inneren Stimme führen, wenn alle anderen Wege im Dunkeln verlaufen. Lasst euch zu der Wahrheit geleiten. Entscheide dich bewusst dafür, dein Leben zu gestalten, und erfrische dich an der Weisheit, die aus deiner tiefsten Seele entspringt.

Bei mir hat dieses Wunder gewirkt und mir geholfen, herauszufinden, wer ich wirklich bin. Trotz der Erkenntnis meiner eigenen Schwächen und Unvollkommenheiten konnte ich mich nicht länger selbst belügen. Und genau das ist, meiner Ansicht nach, der erste Schritt, um zu erkennen, wer man wirklich ist, und daran zu arbeiten, ein besserer Mensch zu werden, als man gestern und vorgestern war.

Einsam und doch voller Sehnsucht kehrte ich zurück an das Ufer des Meeres, ohne deine vertraute Gegenwart, Schnappi, auf der Suche nach jenen magischen Momenten, die mir Klarheit bringen sollten. Ich fragte mich, ob ich den richtigen Weg ging, ob mein Herz rein war oder von Zweifeln und Schuld belastet wurde. Dein anhaltendes Schweigen, Schnappi, schien mir eine Antwort zu sein, eine Antwort, die nur die Stille der Einsamkeit enthüllen konnte.

»Meistere die Kunst des Alleinseins. Empfange es mit offenen Armen«, waren deine Worte an mich.

Alle Jahreszeiten entfalten ihre Schönheit, wenn man beginnt, sie mit einem unverfälschten Herzen zu erleben: der Sommer, der mit seiner Wärme umarmt, der Winter, der in seiner Kälte zur Ruhe mahnt; der Frühling, der das Leben in voller Blüte zeigt, und der Herbst, der uns lehrt, dass alles einem ewigen Kreislauf unterworfen ist. Doch es sind die Übergänge, die mich zum Nachdenken anregen. Stirbt der Winter wirklich, um dem Frühling Platz zu machen? Oder ist es der Frühling, der dem Winter sein Ende besiegelt? Vergeht der Sommer, weil jedes Leben dem Gesetz der Vergänglichkeit unterliegt? Oder mahnt uns der Herbst daran, dass nichts von Dauer ist?

Ich verstehe nun, dass der Lebensrhythmus sich im Alter nicht verlangsamt, wenn man den Mut hat, seine eigenen Schritte zu setzen. Ich hoffe, dass mir dies bis zu meinem letzten Atemzug gelingt.

Es wird hell, der Strand ist leer. So mag ich es. Ich strecke meinen Fuß in das salzige Wasser, es ist kalt, eiskalt. Ich weiche zurück. Aber nein, das geht nicht, ich habe noch eine Verabredung, bevor ich die Insel verlasse: mit dem Ozean und dir, Schnappi. Ich hole tief Luft und tauche in die nächste Welle. Tausende Nadeln stechen in meine Haut, doch nach einer Weile spüre ich die Kälte nicht mehr. Wir sind wieder vereint, Schnappi, das Meer und meine Wenigkeit, so, wie es immer war und immer sein wird. Ich hole tief Luft und tauche ab.

Wann verglüht das Leben eines Menschen wirklich? Wenn wir aufhören, an ihn zu denken. Und wann geht ein geliebter Mensch für immer von uns? Wenn wir aufhören, uns an ihn zu erinnern. Was bedeutet der Tod also wirklich? Diese Frage bleibt unbeantwortet. Ich hoffe lediglich, dass der Traum nach dem Tod weitergeht, dass ich dich, Schnappi, und all jene, die ich einst liebte, wiedersehen werde.

Die reine Liebe, sie ist unbeschreiblich. So einfach und doch so wundervoll. Ich bin fest davon überzeugt, dass es auf dieser Welt nicht einen einzigen Menschen gibt, der es nicht verdient hat, geliebt zu werden und Liebe zu empfangen. Wir alle sehnen uns danach, uns geliebt zu fühlen, auch wenn es nur für einen flüchtigen Moment ist. Die Liebe, sie ist wie die Jahreszeiten. Sie verändert sich mit der Zeit. Manchmal strahlt sie reif und warm, doch zuweilen kann sie auch bitter und kalt sein. Doch egal wie sie sich zeigt, sie hat die Kraft, wiederaufzublühen wie die Blumen im Frühling oder langsam zu verlöschen, wenn der Herbst beginnt. Doch letztendlich, tief in uns, ist die Liebe das schönste und kostbarste Gefühl, das wir erleben können. Die Liebe zu unserem Partner, zu unseren Haustieren, zu unseren Freunden und zur Natur, ja sogar zu denen, die nicht an dieselben Dinge glauben wie wir.

»Pierre, lass dich nicht von deinen Ängsten daran hindern, deine Träume wahr zu machen!«

Noch heute bin ich überwältigt von der Kraft einer einfachen Entscheidung, die aus dem Herzen kommt und unser Leben für immer verändern kann. Ich fürchte mich nicht mehr davor, alleine zu sein. In der Tat, vor vielen Dingen habe ich keine Angst mehr, sie alleine anzugehen.

Und das »Was wäre, wenn«? Diese Frage.

Sie ruht nun warm und sicher in einem kleinen Winkel meiner Seele, und dort soll sie auch bleiben.

Ich habe niemandem mehr etwas zu beweisen. Ich möchte einfach nur die Ketten sprengen, die ich mir selbst angelegt habe, und meinen Traum verfolgen, indem ich der bin, der ich sein möchte, während ich auf die Stimme meines Herzens höre.

In dieser umfassenden Stille umhüllt mich die Ruhe, während am Himmel die Sonne in ihrer majestätischen Pracht erstrahlt. Ihre Strahlen durchdringen mich, spenden meinem Körper und Geist Wärme und Licht. Ein funkelnder Glanz der Freude erfüllt mein Herz und lässt es aufblühen wie eine zarte Blume im sanften Morgentau. Ich spüre die Einheit mit der Welt, dem Universum, das tief in meiner Seele ruht. In einer Hingabe, die meine Seele durchdringt, danke ich dem Leben für diesen erhebenden Augenblick der Erkenntnis. In dieser zauberhaften Zeit des Tages spüre ich deine liebevolle Gegenwart in den strahlenden Sonnenstrahlen, mein geliebter Schnappi.

Dein Geist webt sich in das Gewebe des Universums, und unsere Verbindung wird zu einem leuchtenden Faden im Kosmos. Mit zitternder Hand und einem Herzen voller Demut schenke ich einen Teil meiner Seele diesen Worten, die durch die Dunkelheit flüstern. Möge diese Geste meine Dankbarkeit an das Leben übermitteln, für die kostbaren Momente der Erkenntnis, die Liebe und das unsichtbare Band, das uns für immer vereint. In diesem flüchtigen Hauch der Zeit, wenn die Sonnenstrahlen sanft unsere Geschichten zu flüstern scheinen, umarme ich die unendliche Ewigkeit des Augenblicks und finde Trost in der Gewissheit, dass du, mein Sternengefährte, über mich wachst – als Hüter meiner Träume und Begleiter meiner Reise.

Indem ich diese Gedanken mit euch teile, hoffe ich von ganzem Herzen, dass unsere Seelen sich mit den universellen Wahrheiten vereinen können, die überall auf uns warten, wenn wir nur den Mut haben, unseren Träumen zu folgen und ihrer Weisheit zu vertrauen.

Von ganzem Herzen danke ich euch allen, die ich auf meiner Reise getroffen habe. Eure Präsenz hat mir geholfen zu erkennen, dass ich genau das Leben führe, das für mich bestimmt ist. Ein inniger Dank geht an dich, mein geliebter Schnappi, der du mir die wahre Bedeutung der Worte Bescheidenheit, reine Liebe und Glaube auf so berührende Weise offenbart hast. Jetzt weiß ich, dass der Frieden,

den ich vor Jahren in meiner inneren Einkehr gefunden habe, unaufhörlich in mir weiterlebt. An einem bestimmten Punkt meines Lebens werde ich wieder meinen Rückzugsort aufsuchen. Das Leben ist ein stetiger Lehrmeister, und in jedem Schritt lernen wir dazu, sofern wir es nur zulassen. Diese außergewöhnlichen Seelen, die ich kennenlernen durfte, und du, mein wertvoller Schnappi, haben mir gezeigt, wie wichtig es ist, auf das eigene Herz zu hören. In tiefer Dankbarkeit und von einer Woge der Liebe erfüllt, danke ich euch allen und dir, mein liebster Schnappi, mein treuer Freund und weiser Mentor. Durch dich finde ich nicht nur Schönheit im Leben, sondern auch die Gewissheit, dass mein Weg mit dir an meiner Seite richtig ist.

Diese Erkenntnis trage ich wie einen kostbaren Schatz in meinem Herzen.

Ich stand auf. Es war an der Zeit, meinen Geist von den Sandkörnern zu befreien, die mich so lange bedeckt hatten, und eine Fähre nach Hause zu nehmen, um wieder eins zu werden mit der realen Welt.

Bevor ich mich für immer verabschiede, lege ich die Seiten nieder, die ich mit zitternder Hand und klopfendem Herzen schrieb – behutsam auf den schwarzen Vulkansand. Möge der Regen sie tränken, der Wind sie sanft in die Felsen tragen. Vielleicht stürzen sie von der Klippe, versinken im Schweigen der Tiefe. Doch vielleicht – ganz leise wie ein vergessenes Lied – findet sie jemand. Jemand, der sich erinnert, wer er einst war. Der sich erinnert an die Sprache der Wahrheit – jene leuchtende, leise Ursprache, mit der wir geboren wurden und die das Universum in jedem Atemzug spricht. Eine Sprache, die wir verlieren, wenn wir beginnen, uns selbst zu vergessen.

»Vergiss bitte nie, dass dein Herz frei ist.
Du sollst nur den Mut haben, ihm bedingungslos zu folgen.«